AF493000

منزل
السيدة
البدينة

تامر إبراهيم

منزل السيدة البدينة

الكرمة

لمزيد من المعلومات عن الكرمة للنشر والتوزيع: www.facebook.com/alkarmabooks

إبراهيم، تامر.

منزل السيدة البدينة: رواية / تامر إبراهيم – القاهرة: الكرمة للنشر والتوزيع، ٢٠١٥.

١٧٦ ص؛ ٢٠ سم.

تدمك: 9789776467439

١ـ القصص العربية.

أ – العنوان.

رقم الإيداع بدار الكتب المصرية: ٢٠١٥ / ٢٥٣٢١

٢٤٦٨١٠٩٧٥٣١

تصميم الغلاف: أحمد مراد

هو

هو كان يعرف أن عليه أن يخرج من هنا وبأي ثمن. الخيارات أمامه عديدة، لكنَّ واحدًا منها فقط سيقوده إلى حيث يريد، بينما لن يقوده الباقي إلا لهلاكه.. وهو عليه أن يحسم أمره وبسرعة.. عليه أن يتمالك نفسه وأن يسيطر على أعصابه وأن يختار.. ثم عليه أن يتحمل نتيجة اختياره.

سكوووووووويييك..   سكوووووووووويييك.. سكوووووووووووييك...

هو كان يرتجف رغمًا عنه.. كان يتألم، وكان يشتم رائحة جلده المحترق، لكن الأسوأ أنه كان يشعر بالخوف.. لأول مرة ومنذ عشرات السنين ـ أم هي مئات السنوات؟ ـ يشعر به.. مشكلة الخلود الحقيقية أنه يفقدك إحساسك بالزمن، وهي مشكلة لن يعاني منها بعد الآن لو لم يخرج من هنا.

لكنه لو نجح.. لو استطاع الخروج من هنا بوسيلة ما.. فسيقتلها!

* * *

هو كان يحب ليالي الربيع، وكان يجد فيها عوضًا عن نهاره الذي افتقده منذ زمن طويل.

في الماضي كان ينتظر أيام الربيع في شوق لا حد له، وكان يستيقظ مع ساعات الصباح الأولى، ليلعق الندى من على براعم الأزهار، ولينتشي برائحة حبوب اللقاح، وليملأ الكون من حوله صخبًا. كان يتمدد على وسادة من الأعشاب الطرية، يتأمل السماء الزرقاء من فوقه، فكان يجدها بعيدة شاسعة، تكفيه لكي يملأها بأحلام اليقظة، فكانت الساعات تمر عليه دون أن يشعر بها.. لكن الآن.. الآن لم يتبق له من أيام الربيع إلا لياليه الرطبة وذكريات أيام كانت ولن تعود.

هو الآن لم يعد يحلم لا في نومه ولا في يقظته.. مخزونه من الأحلام نضب منذ زمن طويل، وما يملكه الآن هو كم لا يُصدَّق من الذكريات.. ذكريات تكفي عدة أجيال متعاقبة، تحكي قصص عصور وممالك ومدن زارها وتركها وفنيت، فبقي هو يحمل ذكراها كإثم اقترفه، وعوقب بأن يشعر دومًا بالحنين إليها.. لكن الماضي لا يعود.

هو كان على استعداد لفعل أي شيء يعيده إلى طفولته وإلى حقله، حيث أيام الربيع تحمل مذاقًا لا مثيل له، لكنه الآن لا يملك إلا تجاهل تلك الزهور الذابلة في حديقة ذلك المنزل، والتي لم تعترف بحلول الربيع من حولها، فلم يعترف هو بها.. فقط أسرع الخطى إلى بوابة المنزل ليحصل على ما أتى من أجله،

وليرحل قبل أن تشرق الشمس.. وفي أعماقه شعر بكراهية عميقة لصاحبة المنزل، وحتى قبل أن يراها.

امرأة تركت حديقة منزلها على هذه الحال في أيام الربيع، هي امرأة لا تستحق الحصول على واحدة.. نعم هي تحيا بمفردها في هذا المنزل الضخم ولا بد أنها مسنة ـ فهي لا تغادر منزلها مطلقًا ـ لكنه ليس عذرًا.. حديقتها هذه جريمة مكتملة الأركان، ولو قارن الأزهار في حديقتها بتلك التي كانت تملأ حقله أيام طفولته، لبدت المقارنة فجة غير عادلة.. هي تركت حديقتها تموت في أيام الربيع، وهو الليلة سيقتلها لأنها تستحق.

لكنه لم يستطع إنكار أن ثمة رائحة مألوفة كانت تتصاعد من داخل منزلها.. رائحة لم يستطع تحديد كنهها، وإن ملأته بحزن غامض، فبحث طويلًا في ذكرياته عن مثيل لها.

أهي رائحة البئر التي سقط فيها في طفولته وسُجن في ظلامها لأيام كاد يلقى فيها حتفه قبل أن يعثر عليه جده؟ أهي رائحة الدواء التي كانت تشع من ملابس زوجته لحظة احتضارها؟ أهي الرائحة التي تملأ ميادين الحرب حين يجثم الموت على ساحة القتال، ليبدأ في حصد أصدقائه وأعدائه على حد سواء؟ أم هي رائحة قبره؟

هو لم يستطع تحديد هوية تلك الرائحة لكنه قرر تجاهلها.

من منزل هذه المرأة تتصاعد رائحة الحزن، لكنه ليس

هناك لاسترجاع الذكريات، ولا للشعور بالأسف على نفسه، لذا لم يتوقف، بل عبر مقبرة الأزهار من حوله حتى بلغ باب المنزل ليطرقه، وليقف هناك ينتظر ويراجع في رأسه القصة التي سيستخدمها ليقنع بها صاحبة المنزل بالسماح له بالدخول.. يجب أن تسمح له بالدخول وبإرادتها الحرة، فهذه هي قواعد حياته الجديدة التي يلتزم بها التزامًا مطلقًا.. القاعدة الثانية هي أنه عليه أن يرحل وقبل أن تشرق الشمس وإلا فلن يتمكن من الرحيل أبدًا.

هو كان أعدَّ خطته وجرَّبها عدة مرات وأفلحت معه في كل مرة.. ستفتح صاحبة المنزل بابها ليمنحها هو أفضل ابتسامة تعلَّم التظاهر بها، وسيخبرها أنه أتى إليها لأن أحدهم أبلغ إدارة الحي بوجود تسرب للغاز من منزلها، وكل ما يريده هو التأكد من صحة هذا البلاغ.. سيخبرها أنه لن يحتاج إلا لدقائق معدودة سيطمئن فيها على سلامتها، فلن تجرؤ هي على الاعتراض ولن تمانع، بل ستسمح له بالدخول والاختلاء بها في الداخل، وهذا كل ما يحتاجه.

إن منزل المرأة منعزل تمامًا عن باقي المدينة، ومنه لن يسمع أحدهم صراخها، وهو لن يمنحها الفرصة لتصرخ.
لن يمنحها حتى الفرصة لفهم ما سيصيبها، بل سينتهي منها بسرعة.. سيشعل النار في جثتها وفي منزلها، وسيرحل قبل أن

يشعر أحد بمجيئه من الأساس، وكل ما سيخلفه من ورائه هو حادث حريق مؤسف لقيت فيه امرأة مُسنة وحيدة حتفها، لتنتهي معاناتها في هذا العالم القاسي الكئيب.

سيشعر البعض بالأسف عليها، وستشعر حديقتها بالخلاص منها، ولن يشعر هو بأي شيء في الليلة القادمة، وحينها سينطلق إلى ضحيته القادمة و... و...

لماذا تأخرت؟

لقد مرَّ عليه من الدقائق ما يكفيها للاستعداد لمجيئه ولفتح الباب، لكنه لم يسمع صوتها من الداخل، ولم يشعر باقترابها منه حتى الآن، ولو فعلت لكان اشتم رائحتها.. ها هو الآن يقف منتظرًا لا تحيط به إلا تلك الرائحة الحزينة ممتزجة بالصمت، يعلنان احتمالية أنها قد لا تكون في الداخل، أو أنها قد غابت في النوم ولم تسمع طرقاته، فما الذي عليه فعله الآن؟

هو استبعد الاحتمال الأول، فهو كان يعرف أن صاحبة المنزل لا تغادره مهما كان السبب، ولو كانت قد نامت في هذه الساعة المبكرة، فلا يوجد أمامه إلا أن يوقظها فهو لن يبحث عن ضحية جديدة الليلة، ولن يخاطر بالهجوم على واحدة دون تخطيط مسبق.. لقد استعد للحصول عليها الليلة ولن يسمح لنومها بإفشال خطته، لذا طرق على الباب مجددًا ثم وقف هناك ينتظر بلهفة شابها القلق.

إنها في الداخل.. هو يثق من أنها كذلك، ويعرف أنه لن يبارح مكانه إلا لو لم تستيقظ أو لو لم تسمح له بالدخول و...

سكوووووووييك.. سكوووووووييك.. سكووووووووووووييك...

من داخل المنزل تعالى الصوت المعدني الحاد، ومنه أخذ يقترب ببطء جدَّد الأمل في أعماقه.. إنها في الداخل ومستيقظة.. عظيم.. لقد سمعته أخيرًا، وها هي تقترب منه، ولا بد أنه سيعرف مصدر هذا الصوت حين تفتح له الباب.. سيعرف مصدره وسيخرسه، فالصوت كان لا يُطاق حقًّا.

سكوووووووووييك.. سكوووووووووييك.. سكووووووووووييك...

كأنه معدن يئن! صوت تلوت له أحشاؤه وأصابه بامتعاض، جاهد كي يحتفظ به في أعماقه محافظًا على ابتسامته التي يحتاجها كي يتمكن من الدخول، حتى فتحت له المرأة الباب أخيرًا ليتوقف الصوت، وليجد نفسه يحدق فيها ذاهلًا.. لقد عرف مصدر الصوت أخيرًا.

عرفه ورآه، لكنَّ عينيه رفضتا التصديق، وعقله أبى أن يستوعب المشهد الذي تجسد أمامه.. فأمامه كانت تجلس على مقعدها المتحرك ـ مصدر الأنين المعدني ـ أشد نساء الأرض بدانة على الإطلاق!

هو رأى، وعلى مر السنوات الطويلة التي خاضها، كل أصناف

النساء وكل أحجامهن.. رأى البدينة والنحيفة، الشقراء وذات الشعر الأسود والأحمر وحتى الأشيب.. رأى البيضاء والسمراء ونحاسية البشرة، ورأى الجميلة والقبيحة، وحفظ ملامح من لا تستحق ملامحها التذكر.. لكن المرأة التي جلست أمامه الآن...

المرأة التي جلست أمامه الآن كانت أشد بدانة من كل النساء اللاتي رآهن في حياته مجتمعات!

هناك درجة من البدانة تمنح صاحبتها بعض الفتنة.. ودرجة أشد تدخلها إلى دائرة القبح.. ودرجة أشد تفقدها كل معالمها الأنثوية. والمرأة التي كانت تجلس أمامه كانت قد بلغت درجة من البدانة أفقدتها معالمها الآدمية كلها، فبدت أشبه بجبل من اللحم والشحم يربض على ذلك المقعد المتحرك، وقد أطلت منه عينان حدقتا فيه متسائلتين لتذوب الابتسامة من على شفتيه في بحر الدهشة الذي أخذ يتلاطم في وجهه.

هو وعلى مر السنوات الطويلة ـ وهي أطول من قدرتك على التصديق ـ رأى المئات بل الآلاف من البدناء، لكنه لم يرَ لهذه المرأة مثيلًا في حياته قطُّ.. لقد كانت بدينة لدرجة أنها كانت تلهث لو حركت عينيها.. بدينة لدرجة أنها كانت تتصبب عرقًا لو حاولت التفكير.. بدينة لدرجة أن كلمة «بدينة» كانت تصلح لمغازلتها!

ـ هل من مساعدة؟

صوتها خرج من فمها الذي غاص في أكوام الشحوم في وجهها رقيقًا ناعمًا بصورة تنافرت مع هيئتها، لكنه أعاده إلى أرض الواقع، وأجبره على تمالك نفسه، ليبدأ دون ابتسامة:

ـ أنا.. أنا هنا لأننا تلقينا بلاغًا من...

ـ ادخل.

قالتها دون أن تنتظر منه تفسيرًا لتوفر على نفسها عناء الإصغاء، ولتوفر عليه عناء التظاهر، لكنه لم يدخل على الفور.. في مكانه تجمد ذاهلًا، وقد بدا له رد فعلها أغرب من المتوقع.. خطته كانت تعتمد على إقناعها بالسماح له بالدخول، لكنها كانت مقتنعة مسبقًا! وللحظة تساءل: أي امرأة هي التي تسمح لغريب بدخول دارها دون أن تعرف هويته؟!

هو بحث عن إجابة لهذا السؤال، لكنها بادرته قبل أن يعثر عليه:

ـ ما الذي تنتظره؟

ثم وبيديها أخذت تدير عجلات مقعدها ليتصاعد أنينه الحاد يعلن أن:

سكووووووووووييييك.. سكووووووووووووييييك.. سكووووووووووووييييك...

فانتفض جسده امتعاضًا وتبعها إلى الداخل.. لا بأس.. لقد وفرت عليه مجهود إلقاء كذبته، وهو لم يكن ليجيد إلقاءها مع الذهول الذي سيطر على كيانه.. كل ما عليه الآن هو يتغلب على امتعاضه، لينهي ما أتى من أجله و...

ـ تقول إنك تلقيت بلاغًا ما.

قالتها المرأة برقة ولهثت، فاستغل هو الفرصة ليشرح:

ـ نعم. بلاغ من إدارة الحي بوجود تسرب للغاز من منزلك.. يجب أن أُجري فحصًا سريعًا لنطمئن على سلامتك و...

ـ الموقد في هذا الاتجاه.. افحص ما تريد فحصه وخذ وقتك.. إني لا أملك إلا الوقت هنا!

ثم، ودون أن تنتظر رده، أدارت عجلات مقعدها ليتصاعد المزيد من الـ«سكوووووووويييييك» يصحبها إلى التلفاز الذي استقر على مائدة امتلأت عن آخرها بكل أصناف الطعام، لتجلس هناك ولتبدأ في إزاحة الطعام من المائدة إلى فمها الصغير ـ مقارنة بجسدها ـ وقد انعكس ضوء التلفاز على شعرها الفضي وملامحها الغبية، فوقف هو مكانه يحدق فيها بمزيج من الحيرة والامتعاض.. أي حياة تلك التي تحياها هذه المرأة؟!

هو أدار عينيه في المنزل من حوله يبحث عن إجابة، فلم يعثر على واحدة بل وجد المزيد من الطعام في انتظاره في كل جهة.. طعام على الطاولات.. على المقاعد.. على الأرض وحتى على الجدران.. طعام محفوظ ومطبوخ وطازج وفاسد ـ بعد أن مرَّ عليه الزمن.. انتشر في كل أنحاء المنزل، وكأنما تؤمن به المرأة حاجتها إليه في أي لحظة وفي أي مكان ستزحف إليه.. طعام يكفي لإطعام عدة أسر، لكن لم يكن في المنزل ليلتها سواها وأكوام الفوضى والطعام والأتربة التي غطت كل شيء.

الآن هو يعرف لماذا لم تُعنَ المرأة بحديقتها، فالمنزل كله كان في حاجة لمن ينقذه منها!

ليلتها أدرك أنها ثرية.. امرأة تعيش بمفردها في هذا المنزل الضخم، وتملك هذا الكم الهائل من الطعام، فلا بد من أنها ثرية، ولا بد من أنها حصلت على ثروتها هذه من ميراث أو عثرت عليه مصادفة، فمن المستحيل عليه أن يصدق أن هذه المرأة عملت في يوم من الأيام، وحصلت على كل ما تملكه الآن بمجهودها.. امرأة بهذا الحجم لم تحرك في حياتها إلا فمها لتبتلع به المزيد من الطعام، والشيء الوحيد الذي يشاركها وحدتها هنا، هو تلك الرائحة الحزينة التي أخذت تنبعث من كل شيء حولها.

لقد اشتم هذه الرائحة من قبل.. إنه واثق من هذا.. كأنه كان هنا في يوم من الأيام، لكنه لو فعل فكيف استطاع أن ينسى امرأة بهذه البدانة؟ أكان هنا قبل أن تولد هذه المرأة من الأساس؟ أكان هنا أم أن المرأة تفوح برائحة الحزن الذي صاحبه رحلته على مر كل السنوات التي عاشها مرغمًا؟ ولماذا تذكره هذه الرائحة بالموسيقى؟

هو ظلَّ مكانه يصارع هذه الأسئلة التي عربدت في رأسه قبل أن ينتبه إلى المرآة جواره، ليبتعد عنها على الفور، وقبل أن تلاحظ البدينة أن صورته لا تنعكس فيها.. المرايا تعلمت نسيانه كما نسي هو مصدر هذه الرائحة، وهي قاعدة أخرى من قواعد حياته الجديدة التي لم يخترها وإن صار عليه تحمل نتائجها.

مشكلة الخلود أنه يفقدك إحساسك بالزمن.. ومشكلة أن تكون مصاص دماء هي أنه عليك أن تكون حذرًا، فأقل خطأ قادر على كشف أمرك، وحينها...

ـ عزيزي.. أتحتاج إلى مساعدة؟

سألته المرأة بفم امتلأ بالطعام، فامتعض وتظاهر بالابتسام ليجيب:

ـ لا. سأنتهي سريعًا.

ثم وليرحم عينيه من رؤيتها، أسرع إلى حيث انتظره موقد تغطى بأكوام من الطعام والقاذورات.. وفي أعماقه تصاعد السؤال مجددًا: أي حياة تلك التي تحياها هذه المرأة؟

سؤاله استحال إلى شعور عميق بالاشمئزاز من كل ما يحيط به، وقد امتزجت الرائحة الحزينة برائحة المأكولات والعفن، لدرجة أنه فكر جديًا في الخروج من المكان ودون أن يحصل على ما جاء من أجله.. كيف له أن يمتص دماء امرأة بهذه البدانة؟

نعم هي تحوي في جسدها ما يكفيه ليروي ظمأه للدماء لأيام طويلة قادمة، لكن مجرد فكرة أنه سيحصل على دماء من جبل الشحم هذا، أثارت في أعماقه شعورًا لا يقاوم بالغثيان!

هناك درجة من البدانة تفقد المرء كل معالمه الآدمية، وهناك درجة من البدانة تجعله لا يستحق الموت حتى، فهل سيجد في أعماقه ما يكفيه من الشفقة لقتلها؟

ربما. لكن ليحاول أولًا أن يستكشف مصدر تلك الرائحة والتي بدأت تثير جنونه حقًّا.

هذه رائحة مألوفة.. رائحة تذكره بشيء ما هو عاجز عن تذكره.. رائحة تحمل مذاق الحزن وصوت موسيقى غامضة يثق من أنه سمعها في يوم ما.. كأنه كان هنا.. كأنه كان هنا أو كأنه اشتم هذه الرائحة من قبل.

أهي رائحة البارود التي ملأت داره يوم حاول أخوه قتله؟ أهي رائحة قبو السفينة التي اختبأ فيها هاربًا من مدينته؟ أهي رائحة الخمر الرخيصة التي فاحت من فم أولى ضحاياه؟

هو عجز عن التذكر، وعجزه هذا أورثه غضبًا لا حد له، تحوَّل في أعماقه إلى كراهية مجنونة لتلك البدينة في الخارج، فوجد في كراهيته هذه ما يغنيه عن الشفقة اللازمة لقتلها.

امرأة تركت حديقتها ومنزلها بهذه الصورة تستحق أن تموت! امرأة سمحت لغريب بالدخول عليها تستحق أن تموت! امرأة يفوح كل ما حولها بتلك الرائحة الحزينة تستحق أن تموت! والأهم...

امرأة بهذه البدانة في حاجة لأن تموت! فما الذي ينتظره؟ ليخرج الآن لينقض عليها ولينشب أنيابه في عنقها، ليمتص رحيق الحياة من جسدها.. ستقاومه هي.. سينتفض جسدها البدين وسيعاد تشكيل الشحوم في وجهها لترسم الغباء على محياها ليبقى هناك.. ستشهق.. سترتجف.. ستنتفض مرة أخيرة ثم ستسكن إلى الأبد...

هو لن يفرغ جسدها من الدماء ـ فهو لن يستطيع ـ لكنه وقبل أن يرحل سيشعل النار في جثتها وفي منزلها، ليتخلص منها ومن تلك الرائحة التي تزكم أنفه الآن والتي...

مهلًا.. تلك الرائحة.. إنه يتذكرها الآن!

إنها رائحته هو.. هو...

رائحة الشبح!

✵ ✵ ✵

هو سمع هذا الاسم لأول مرة حين كان لا يزال حيًّا.

على ظهر تلك السفينة كان يجلس تاركًا أمواج البحر تتلاعب بها، وبقدرته على مقاومة تلك الرغبة العارمة التي اجتاحته في التقيؤ، وحوله كان يجلس باقي الجنود وقد خيَّم عليهم وجوم من يعرفون أنهم ذاهبون ليلاقوا حتفهم.. رحلتهم في البحر استغرقت أسابيع طويلة، لكنها أوشكت على الانتهاء.. لقد شعروا بدنو اليابسة منهم واشتموا منها رائحة الموت الذي ينتظرهم مبتسمًا، فالتزموا بالصمت وتفرغوا لاسترجاع الذكريات.

وهو كان يحاول تذكر ملامح زوجته في تلك اللحظة.. كان قد ابتعد عنها لأشهر طالت حتى أخذ يجد فيها عسرًا في تذكر ملامحها، وكان كلما حاول أن يتذكر ملامحها الرقيقة التي ودعته بها، يجد عشرات الصور تملأ رأسه لأهوال رآها في معارك خرج منها حيًّا ـ بمعجزة ما ـ ودفن بعدها العديدون ممن كان يلقبهم

١٧

أصدقاؤه، ليتوقف في النهاية عن البحث عن ملامح زوجته وسط الأشلاء والجثث التي اكتظت بها مخيلته.

لماذا تركها وذهب للحرب؟ لا يعرف. لماذا نشبت الحرب أصلًا؟ لا يعرف. من الذين يقاتلهم؟ الأعداء الذين أخبروه قادته بأن عليه قتلهم قبل أن يدنسوا أرضه ويغتصبوا زوجته ويمزقوا الأزهار في حديقته.. لهذا كانت الحروب تبدأ ومنذ فجر التاريخ وحتى اليوم.. لأن هناك «أعداء» يحاولون قتلك لأنك بالنسبة لهم «عدو»، وما لم تسبقهم في هذا فستكون أنت الخاسر!

لكن الحروب وكما تبدأ فجأة، تنتهي فجأة.. وهو يمنِّي نفسه باليوم الذي سيخبرونه فيه أن الحرب انتهت، ليعود إلى حقله وإلى زوجته، ليملأ عينيه بابتسامتها، وليملأ أنفه برائحة الزهور في حقله.. وعلى ظهر تلك السفينة تمنى أن تكون المعركة القادمة هي الأخيرة، فإن لم تكن كذلك.. تمنَّى أن يخرج منها حيًّا.

كانت شمس الظهيرة تلوِّحهم، وكانت دروعهم المعدنية على وشك الاحمرار لفرط سخونتها، لكن أحدهم لم يجرؤ على نزعها عن جسده.. قائدهم أمرهم بارتدائها، وفي أي حرب أوامر القائد تنفذ بلا مناقشة، مهما بدت خرقاء عبثية.. هكذا وبينما هم يتصببون عرقًا ويتأرجحون مع أمواج البحر وعواصف الذكريات، بدأ أحدهم:

ـ أنتم تعرفون أننا سنواجه الشبح هذه المرة.. أليس كذلك؟

فتلاقت جميع الأعين على وجه قائلها، وفي عينيه هو تبدت الحيرة.. الشبح؟ من هو؟

فواصل من بدأ:

ـ إنه ينتظرنا هناك.. على اليابسة.. هذه أرضه لو لم تكونوا تعرفون.

ـ عن أي شبح تتحدث؟

فلا يذكر إن كان هو مَن سأل أم أحد الجالسين، لكنه يذكر الإجابة:

ـ إنه واحد منهم.. الأعداء.. إنه أشدهم خطورة وفتكًا.. يقولون إنه لا يُهزم قَطُّ، وإن من يواجهه هو هالك لا محالة.. أتعرفون لماذا؟

فأطلت الحيرة من كل العيون، ليجيب من بدأ مبتسمًا:

ـ لأنه لا يموت!

فاستحالت الحيرة في العيون إلى مزيج من الرهبة وعدم التصديق.. لا يموت؟! هو اعترض يومها قائلًا:

ـ الكل يموت في ساحة المعركة.

ـ إلا هو.. صدقني.. لقد سمعت عنه الأساطير طويلًا فلم أصدقها.. لكن بعض القصص سمعتها ممن رأوه بأعينهم ونجوا منه بمعجزة.. يقولون إنه لا يموت مهما حاولت قتله، ولقد حاول العشرات فعلها.. يقولون إنه يقف هناك وسط أتون المعركة شامخًا لا يبالي بالموت

ولا يجرؤ الموت على اعتراض طريقه.. بسيفه الذي تلوث بدماء المئات يشق طريقه فلا يستطيع أحد لمسه، وحتى من استطاعوا غرس نصالهم في جسده لم يزيدوه إلا حماسة.. ثم إنه لا يقاتل إلا ليلًا.. لا أحد رآه في النهار لكن في الليل.. في الليل ستراه.. ولو فعلت.. فسيكون هو آخر ما ستراه في حياتك.

قالها فجثم صمت ثقيل على أنفاسهم، ومن أجسادهم التي تصببت عرقًا بدأت رائحة الخوف في التصاعد.. وحاول هو الاعتراض ثانية ليقول بعد لحظات:

ـ لكنك قلت إن هناك من نجوا منه ليخبروك بقصصه.

ـ قلت إنهم نجوا بمعجزة.. لكن المعجزات لا تتكرر كثيرًا. ثم أرسل من بدأ، عينيه صوب اليابسة ليختتم:

ـ يسمونه الشبح لأنه لا يظهر إلا ليلًا.. يسمونه الشبح لأنه لا يموت.

وحين خيَّم الصمت الثقيل هذه المرة، ظلَّ هناك برفقتهم فلم يفارقهم حتى بلغوا اليابسة.

*** * ***

ومن منزل البدينة كانت رائحة الشبح تنبعث معيدة ذكريات ارتجف لها جسده.

هو تجمد حينها في مكانه مستسلمًا لفيض الذكريات الذي اجتاحه، فلم يعده إلى أرض الواقع إلا الـ...

سكوووووووويييك.. سكووووووووويييك..
سكوووووووووووييك...

فانتفض منتبهًا وحاول السيطرة على نفسه بسرعة.. البدينة..
إنها تقترب.

كان يقف قرب الموقد، وكان يعرف أن عليه التظاهر بفحصه
قبل أن تصل إليه، لكن عقله انشغل تمامًا بمحاولة الإجابة على
سؤال لم يستطع الفرار منه: كيف تتصاعد رائحة الشبح من منزل
هذه المرأة؟

هو تذكر الرائحة الآن وأصبح موقنًا من مصدرها، لكن..
كيف؟ أهي المرأة؟ أهي من نسل الشبح؟ أكان الشبح هنا
أم أنه هنا والآن؟

مستحيل! المصادفات لا تحدث بهذه القسوة ولو كان هنا
فـ...

سكوووووووويييك.. سكووووووووويييك..
سكوووووووووووييك...

لينتزعه الصوت مرغمًا من كل هذا، وليجبره على الالتفات
إلى البدينة التي بلغته لاهثة، لتسأله بصوتها الرقيق:

ـ هل.. هل عثرت على شيء ما؟

فحدق فيها عاجزًا عن الإجابة.. وعلى فمها الصغير الذي
غاص في وجهها ارتسمت ابتسامة رقيقة، شعر هو معها أنها
تتحداه بها.. جبل الشحم الرابض أمامه ابتسم وقد فاحت من

حوله ذات الرائحة التي أرقته طويلًا، فهل سيجرؤ على قتلها؟ هل سيجرؤ على امتصاص دماء امرأة تنبعث من منزلها رائحة الشبح؟

ـ عزيزي.. أأنت بخير؟

سألته برقة لا تستحقها، فأجابها أخيرًا بصوت جاهد ليخلصه من نبرات الغضب والدهشة:

ـ لا مشكلة.. فقط سأحتاج لبعض الوقت لأنتهي من الفحص.

ـ لكنك تبدو.. تبدو جائعًا.

قالتها لتصيب كبد الحقيقة في مقتل.. هو كان جائعًا بالفعل.. لولا تلك الرائحة لكان الآن ينتزع دماء الحياة الحارة من جسدها، لكن ها هو الآن يقف أمامها حذرًا يرمقها محاولًا العثور على تفسير يرضيه قبل أن يفعلها.. لهذه المرأة علاقة بالشبح، فما هي؟

ـ لست جائعًا بل مرهق.. لم أنم منذ وقت طويل.

وهو بالفعل لم يحظَ بدقيقة من النوم منذ عشرات السنين ـ أم هي مئات السنوات؟ ـ نهاره كان يقضيه في سبات في ظلام مخبئه، لكنه لم يكن ينام فيه ولا يحلم، فمخزونه من الأحلام نضب منذ زمـ...

ـ استرخ قليلًا إذن.. تبدو في حاجة للراحة.

ثم أدارت عجلات مقعدها مردفة:

ـ اتبعني.

ليتعالى صوت الـ«سكووووووويييك» وليحرمه من فرصة

الرد، فوجد نفسه يتبعها لا إراديًا متحملًا الصوت اللعين الذي أغراه بأن ينقض عليها والآن ليخرسه لا أكثر.

لكن لا.. ليس الآن.. ليس قبل أن يفهم أكثر.

لهذا تبعها إلى حيث توقفت لاهثة، لتشير إلى أحد المقاعد، قائلة:

ـ اجلس.

فأزاح هو ما على المقعد من طعام، وجلس هناك يرمقها في شك.. وأمامه تمالكت هي أنفاسها لتبتسم برقة ولتبدأ:

ـ اعذرني فلا أحد يأتي لزيارتي هنا.. إني وحيدة كما ترى ولست قادرة على الحركة لـ...

وأشارت إلى الفوضى التي احتلت عالمها، فلم يشعر بذرة تعاطف تجاهها، ولم يتوقف عن النظر إليها في شك.. وبذات الابتسامة الرقيقة واصلت هي:

ـ لا بد أنك تتساءل عن سر بدانتي.. أليس كذلك؟

بوغت هو بسؤالها، فلم يستطع حتى أن ينفيه.. نعم إن بدانتها تثير التساؤل، لكنه الآن يهتم أكثر بأمر تلك الرائحة والتي تحوّلت إلى كيان مادي يملأ المنزل من حوله ويشاركهما حوارهما بصمته، فلم تنتظر رده، بل واصلت:

ـ أعرف أنني بدينة.. أعرف ولا داعي للتظاهر بأنك لم تلاحظ هذا.. لكن صدقني، إنه ليس اختياري.. لا أحد يختار أن يقضي حياته بهذه الصورة.

هو شعر بأن عليه أن يقول شيئًا ما ليوقفها به عن الاستطراد أو ليبتاع به المزيد من الوقت ليتفرغ فيه لمحاولة الإجابة على أسئلته هو، لكنها لم تمنحه الفرصة.. برقتها التي لم تزده إلا نفورًا منها واصلت:

ـ أتعرف أنني لست مقعدة؟ إنني فقط لا أستطيع الوقوف مع وزني هذا.. عظامي لم تعد تقوى على حمل جسدي، فلم يعد أمامي إلا أن أستخدم هذا المقعد المتحرك لأتنقل به، وحتى هو لم يعد يحتمل وزني.. إنني أشعر به يتهالك من أسفلي لكن.. لكني عاجزة عن الخروج من هنا لابتياع واحد أقوى.

قالتها بمرارة لم تسرق الابتسامة من على شفتيها، لكنها منحته شعورًا لا يطاق بعدم الارتياح.. ربما كان من الأفضل له أن يخرج من هنا دون أن يقتلها.. ربما كان من الأفضل أن يخرج الآن ليبتعد عنها وعن تلك الرائحة وعن تلك الـ...

ـ لكني لم أكن كذلك دومًا.. صدقني.. في أحد الأيام كنت أستطيع الوقوف على قدميَّ وكنت جميلة حقًّا.. إنك لا تتذكرني.. أليس كذلك؟

وهو كان، وفي رأسه، يعد الخطة التي سيخرج بها من هنا دون أن يثير ريبتها.. سيقف الآن وسيخبرها أنه نسي بعض المعدات، وأنه سيذهب لإحضارها على أن يعود لها لاحقًا، لكنه لن يفعل.. سيخرج من هنا وسيبحث عن أي ضحية بديلة تكفيه لهذه الليلة ـ

مخاطرًا بقاعدة التخطيط مسبقًا ـ وسيتعلم أن ينساها وأن ينسى تلك الرائحة اللعينة التي تجثم على صدره الآن، مفجرة المزيد والمزيد من الذكريات في رأسه و.. مهلًا...

أقالت إنه لا يتذكرها؟

ـ لقد انتظرتك طويلًا.. أطول من قدرتك على التخيل.. لكني كنت أعرف أنك ستعود.. في أعماقي تمنيت أن تفعلها ولسنوات طويلة استعددت لمجيئك.. إن ليلة طويلة من المرح في انتظارنا.. لكن.. أأنت مستعد؟

هو شعر حينها بالقلق.. تلك الحاسة التي اكتسبها في ساحات القتال أنبأته بأنه في خطر.. بأنه يجب عليه أن يهرب الآن وبأقصى سرعة ممكنة، متجاهلًا حقيقة أنه سيهرب من جبل الشحم هذا، ودون أن يعرف حتى سر علاقتها بالشبح، فلم يعد هناك وقت لهذا.. الواقع أنه يجب عليه أن يتحرك الآ...

ـ لقد جئت لقتلي يا عزيزي.. لكني الليلة... سأقتلك.

ثم ودون أن يجد الفرصة ليرد أو ليفهم، شعر بالأرض تنفتح من أسفل مقعده فجأة، ليبدأ رحلة السقوط في ظلام أطبق عليه من جميع الاتجاهات!

* * *

هو لم يكن يخشى الظلام في صغره.

كان يرى فيه لوحة خاوية يرسم عليها تخيلاته، فكان يقضي لياليه على فراشه يرسم حقولًا وأزهارًا، وفي ليالي الحرب كان

٢٥

يحاول رسم ملامح زوجته ليتذكرها، فكان يمنحها في كل ليلة وجهًا مختلفًا.. لكنه وفي اليوم الذي بلغوا فيه اليابسة، وجد نفسه ولأول مرة يخشى حلول الظلام، ويخشى ساعات الليل الطويلة التي كانت في انتظاره.

الشبح لا يقاتل إلا ليلًا، ولو أرادوا النجاة منه فعليهم أن ينهوا معركتهم ـ بالنصر أو الهزيمة ـ والشمس شاهدة عليهم من السماء، فلماذا إذن لم يقف جيش الأعداء ليكونوا في انتظارهم فور وصولهم الشاطئ؟

الشمس كانت لا تزال تتوسط السماء حين اجتمعوا في صفوف أمام قائدهم، الذي صاح فيهم:

ـ أنتم تعرفون لماذا جئنا هنا.. أنتم تعرفون ما عليكم فعله.. لا تتركوا أحدًا حيًّا ولا تتوقفوا حتى مقتل آخر رجل فيهم أو فيكم!

وهي ذات الخطبة القصيرة التي كان يلقيها عليهم قبل كل معركة.. الرجل لم يكن يتمتع بالبلاغة، لكنه كان داهية بحق، وكان يملك قدرة عجيبة على القتال المستمر لأيام متواصلة دون أن يتوقف أو يشعر بالإرهاق.. حتى الآن هو خاض معهم عشرات المعارك، فلم يخرج منها إلا منتصرًا، لكن هذه المرة...

هو كان يشعر بأن هذه المرة ستختلف.. على الشاطئ وقف يتلفت حوله يبحث عن جيش الأعداء آملًا أن يعثر عليهم لتبدأ

المعركة وقبل مغيب الشمس، لكن رياح البحر هبَّت عليهم لتعصف بأمانيه ولتبعث برجفة غامضة في جسده.. هذه المعركة ستختلف.. هذه المعركة ستكون الأخيرة.

هو كان يعرف هذا، لكنه لم يملك إلا أن يتبع كتيبته خلف قائدهم الذي ومضت عيناه بشهوة القتل، وفي السماء بدأت الشمس رحلتها إلى الغرب، فأخذ هو يتابعها بمزيج من اللهفة والقلق.. وفي أعماقه همس لها:

ـ أرجوكِ انتظري.. أرجوكِ كوني هناك حين تبدأ المعركة.

فرمقته الشمس بلا مبالاة ولم تجب.. وجواره اقترب من أخبره بقصة الشبح، ليقول:

ـ أنت تعرف أننا سنواجهه الليلة.. أتحدث عن الشبح بالطبع.

فأجاب هو بما أملاه عليه قائده:

ـ لو رأيناه سنقتله.. لهذا جئنا هنا.

ـ لو رأيته اهرب.. هذا ما سأفعله أنا.

ـ نحن جنود.. والجنود لا يهربون من المعركة.

ـ أنت أحمق.. والحمقى لا يستحقون الموت في حرب لا طائل منها.. ثم إنك لو رأيته، فلن تجد الفرصة لتقاتل.. لو رأيته يا عزيزي فسيكون الشبح هو آخر ما ستراه!

قالها ثم تركه ليغيب وسط الجنود الذين واصلوا مسيرتهم خلف قائدهم واجمين يحاولون مداراة خوفهم مثله.. ومن أسفلهم تلاشت رمال الشاطئ تدريجيًا لتحل أرض صخرية

قاسية محلها، ومن ورائهم أخذ البحر يبتعد رويدًا رويدًا حتى غاب في الأفق.

وفي السماء واصلت الشمس رحلتها المتأنية إلى الغرب، حتى بدأت السماء في التلون بلون دمائهم التي سينزفونها في المعركة القادمة، لتبدأ الهمسات في التصاعد من الرجال خافتة في البداية، قبل أن تأخذ في التعالي تدريجيًا لتتحول إلى سيل من الاعتراضات والتوسلات التي استقبلها قائدهم معترضًا، ليقف وليصيح فيهم:

ـ ما المشكلة؟

ليتطوع أحدهم بالإجابة:

ـ الشبح.. لو بدأنا المعركة في الليل سيكون في انتظارنا!

ـ شبح؟ منذ متى وأنتم تصدقون هذه الخرافات؟

ـ كل ما نطلبه هو أن نتوقف لنقضي الليلة في سلام، وحين تعود الشمس إلى السماء سنواصل مسيرتنا.

فوقف قائدهم يرمقهم غاضبًا دون أن يجيب.. وللحظات أخذ يقلب الأمر في رأسه ليجد في النهاية أنه من الحكمة أن يستجيب لرجاله بدلًا من أن يخوض المعركة القادمة بحفنة من الجبناء، ليعلن في النهاية ساخطًا:

ـ سنخيِّم هنا في العراء.. ومع ساعات الفجر الأولى سننطلق إليهم وحينها لن نتوقف حتى لو كان الشيطان ذاته في انتظارنا.

قالها فتصاعدت تنهدات الارتياح من الرجال، وفي جميع الأعين تبدى شعور لا ينكر بالخلاص.. لن يقاتلوا الليلة، ولن يضطروا لمواجهة الشبح.. رائع.. لقد منحهم قائدهم بقراره هذا يومًا جديدًا سيضاف إلى أعمارهم.

ليلتها عادت الابتسامات إلى وجوه بعض الرجال، وفي حلقات جلسوا ليتبادلوا الأحاديث والذكريات، بينما انزوى قائدهم في خيمته ليراجع خطته للمعركة القادمة، فاختار هو بقعة منعزلة ليجلس فيها، وليرمق لوحة الظلام الخاوية أمامه مستعدًّا لأن يملأها بملامح زوجته.. لكنه وبدلًا من أن يفعل، وجد نفسه يرسم سؤالًا واحدًا امتلأ به عقله حتى فاض بمحاولات الإجابة عليه: لماذا لم ينتظرهم جيش العدو قرب الشاطئ ليجهزوا عليهم فور وصولهم؟

الإجابات عديدة وأغلبها غير مقنع، وهو انشغل ليلتها في محاولة البحث عن الإجابة المناسبة حتى عثر عليها.. حتى وجد في أعماقه الشجاعة اللازمة ليعترف بها.

لماذا لم ينتظرهم جيش العدو قرب الشاطئ؟ لأنهم كانوا ينتظرون مجيء الليل ليبدأوا معركتهم والشبح معهم.

هو كان يعرف أن هذه هي الإجابة الصحيحة فارتجف.

وهو كان ـ للأسف ـ محقًّا!

٭ ٭ ٭

وحين هوى به المقعد في الظلام هذه المرة لم يجد للخوف مكانًا في أعماقه مع الدهشة.

لقد كانت لديه خطة!

لقد كان من المفترض أنه يدخل منزل المرأة بإرادتها.. يهجم عليها ليمتص دماءها.. يشعل النار في جثتها وفي منزلها ويرحل قبل شروق الشمس لتنتهي الليلة في سلام.. لقد كانت لديه خطة، فما الذي يحدث ها هنا؟

المقعد تهشم أسفل جسده حين بلغ الأرض ليمتص أغلب الصدمة، لكن الصدمة التي شعر بها في أعماقه كانت أشد وأعنف.. تلك البدينة نجحت في استدراجه وإسقاطه في فخها.. لقد كانت تنتظره، ولقد كانت تعرف أنه سيأتي إليها.. إنه لا يتذكرها لكن هي تتذكره تمامًا، كما تذكر هو رائحة الشبح التي تنبعث من منزلها لسبب ما.

وببطء وقف ليملأ الظلام من حوله بحيرته التي لم تطل، فما هي إلا لحظة واحدة حتى اشتعلت الأضواء من فوقه لتضيء المكان، فلم يشعر هو بأي فارق.. إنه يستطيع الرؤية في الظلام تمامًا كما يرى في الضوء، وهي واحدة من القدرات التي منحتها له حياته الجديدة، وأغلب الظن أن البدينة أنارت المكان لتراه هي.. لا بأس.. ليستكشف المكان من حوله محاولًا استنباط ما سيحدث له.

هو وجد أنه في ممر.. ممر طويل، سطعت جدرانه اللامعة، وقد بدا المكان كله نظيفًا لا أثر فيه للفوضى التي اجتاحت منزل البدينة، ولا حتى للأتربة، وكأن أحدهم داوم على تنظيف هذا المكان يوميًا بعناية لا حد لها.

الجدران لامعة نظيفة.. الأرض لامعة نظيفة.. السقف مرتفع تطل منه المصابيح التي أضاءت الممر أمامه، وسماعات تعالى منها صوت البدينة الرقيق، إذ قالت:

ـ أرجو أن تكون مستعدًا فالليلة سنمرح طويلًا.

لكنه لم يكن مستعدًا.. نعم هو استعد لقتلها لكن أن يجد نفسه في هذا الممر اللامع أسفل منزلها، فهذا ما لم يستعد له وما لم يضعه في حسبانه.. مدَّ أصابعه ليتحسس الجدار بحذر، فشعر بألم مباغت ومن أنامله تصاعدت رائحة احتراق.. هذه الجدران صنعت من الفضة!

سكووووووووييييك.. سكووووووووييييك.. سكووووووووووووييييك...

ثم تعالى صوت البدينة الرقيق من فوقه، يشرح:

ـ أنت الآن في متاهتي.. وكما ترى، فلقد كلفتني ثروة هائلة لصنعها من الفضة الخالصة، وسنوات طويلة من العمل الشاق، لكنك تستحق يا عزيزي.. ليلتنا هذه تستحق كل ما أنفقته وأكثر.

متاهة؟.. فضة خالصة؟.. هذه البدينة ثرية حقًّا.. أكثر ثراء مما تخيَّل بكثير، وأكثر جنونًا مما تمنى بمراحل!

ـ كل المطلوب منك هو أن تحاول الخروج من هنا.. لكن صدقني.. لن يكون الأمر سهلًا.. حتى أنا ضللت طريقي فيها ذات مرة رغم أنني من صممتها.. لقد كانت ليلة طويلة

كدت أهلك فيها جوعًا وظننت أنني لن أخرج منها أبدًا، لكني ولسوء حظك خرجت.. والليلة.. إنه دورك أنت لتحاول الخروج من هنا.

ثم منحته لحظات لا تكفي ليحاول استيعاب ما قالته، قبل أن تواصل:

ـ لو كان ما أعرفه عنكم صحيحًا، فأنت لا تستطيع لمس الفضة دون أن تحرقك ولهذا فائدة ستعرفها في حينها.. لكنها لن تكفي لقتلك.. وحده ضوء الشمس هو القادر على القضاء عليك.. أليس كذلك؟ ضوء الشمس والأوتاد الخشبية.

فلم يستطع هو الرد عليها وقد أخرسه ذهوله.. إنها تعرف إذن.. تعرف أنه مصاص دماء!

من هي هذه البدينة؟

سكووووووووووييك..   سكوووووووووووييك.. سكووووووووووووييك...

ثم واصلت البدينة برقتها المثيرة للغثيان:

ـ للأسف لن أستطيع مواجهتك لأغرس وتدًا خشبيًا في قلبك في حالتي هذه، لكني أتمنى أن يفي ضوء الشمس بالغرض.. لقد قمت بتصميم المتاهة بحيث تعكس ضوء الشمس عبر نظام خاص من المرايا، على أن تتكفل الجدران الفضية بعكس ضوء الشمس بعدها.. أتعرف أنهم كانوا يصنعون المرايا من الفضة قديمًا؟

نعم هو يعرف.. لقد كان حيًّا قبل أن يخترعوا الزجاج وقبل أن يفقد انعكاسه في جميع المرايا، لكن.. كيف تعرف هي هذا كله؟

ـ إذن فالموقف أمامك واضح الآن.. عليك أن تحاول الخروج من هنا وقبل أن تشرق الشمس إن استطعت.. فلو لم تفعلها وفي الوقت المناسب سيحرقك ضوء الشمس يا عزيزي.. ستكون ميتة بطيئة مؤلمة.. ستكون الميتة التي تستحقها.. لكن لا تخف.. سأظل معك حتى النهاية.. سأثرثر معك فأنا لم أتحدث مع أحد منذ زمن طويل لأنني وحيدة كما ترى.. معًا سنمرح الليلة.. ومعًا سنتذكر كل شيء.

ثم صمتت لتلتقط أنفاسها، فهي لم تعتد بذل هذا المجهود، قبل أن تختم بجذل:

ـ والآن.. ابدأ!

هو وعند هذه النقطة وجد أن عليه أن يتجاهل أشياء كثيرة.. سيتجاهل هوية هذه المرأة، وسيتجاهل رائحة الشبح المنبعثة من منزلها، وسيتجاهل كل أسئلته التي تبحث في عقله عن إجابات.. سيتجاهل هذا كله وسيبدأ لعبتها ـ مرغمًا ـ ليحاول الخروج من هنا وقبل أن تشرق الشمس.

نعم.. سيخرج من هنا وبعدها سيصعد إليها، وحينها سيحصل منها على ما هو أكثر من دمائها.

وبقدم مترددة خطا خطوته الأولى في متاهة البدينة الفضية...

❋ ❋ ❋

هو يذكر كيف بدأت المعركة ليلتها.

كان الظلام يرقص مع الصمت رقصتهما الخالدة من حوله، وكان النعاس قد بدأ يطرق على رأسه يستأذنه في الدخول، فقرر أن يسمح له بذلك، وجال بعينيه في أكوام الرجال النائمين قربه باحثًا وسطهم عن فجوة يدس جسده فيها، حين سقط أول سهم مشتعل بين قدميه تمامًا.

هو يذكر أنه انتفض حينها وهبَّ واقفًا ليحدق ذاهلًا في السهم الذي أخرج له لسانًا ساخرًا من اللهب، قبل أن يرفع عينيه إلى السماء، ليجد أنها لم تعد مظلمة.. سماء تلك الليلة توهَّجت بآلاف الأسهم المشتعلة التي حلقت من فوقه للحظة، قبل أن تهبط لتنغرس في الأرض وفي الأجساد حاصدة أرواح أصحابها الذين لم يجدوا حتى الفرصة لفهم ما أصابهم، ثم وفي اللحظة التالية اشتعلت النيران والصرخات لتستحيل برودة الليلة إلى أتون ملتهب وجد هو نفسه فيه يقف ذاهلًا عاجزًا عن الحركة.

هكذا وبدون مقدمات بدأت المعركة.

وعلى الرغم من أنه كان ينتظر تلك اللحظة طويلًا، وعلى الرغم من ثقته بأن هذه الليلة لن تمر دون أن تسال فيها الدماء، إلا أنه لم يتوقع قَطُّ أن يهبط عليهم الموت من السماء بهذه السرعة ولا بهذا الإتقان.. نعم هو خاض من المعارك ما يكفيه ليعتاد بدايتها، لكنها وفي كل مرة كانت تبدأ بجيشه يقف شاهرًا اسلاحه

في وجه جيش العدو، قبل أن ينقض الجيشان على بعضهما البعض لتبدأ معركة ـ في الغالب ـ متكافئة الفرص، يحصل فيها كلا الطرفين على نصيبهما من الموت دون زيادة أو نقصان.. لكن وفي هذه الليلة كانت البداية قاسية حقًّا.

الرجال كانوا قد استسلموا للنوم بعد رحلة شاقة، عالمين أنهم نجوا هذه الليلة من مواجهة الشبح، ليستيقظ من استطاع منهم الاستيقاظ جوار جثث أصدقائه التي أخذت النيران في التهامها بنهم، قبل أن يرفع الجميع أعينهم إلى السماء متوسِّلين، ليجدوا السماء تضاء ثانية بالفوج الثاني من الأسهم المشتعلة.. وما هي إلا لحظة واحدة حتى امتلأ مخيمهم بالمزيد من الجثث والصراخ والنيران.

هو استسلم لذهوله ليلتها فلم يخرجه منه إلا سهم مشتعل، انغرس في ساقه فأجبره على العودة إلى الواقع المرير صارخًا، قبل أن يرفع درعه ليستقبل به الموت الهابط عليه من السماء، في اللحظة التي تصاعد نداء الحرب من آلاف الحناجر، ليبدأ جيش العدو في هبوط التلة التي كانت تطل على مخيمهم، ولتبدأ المواجهة غير العادلة بين جيش استعد للقتل، وآخر هلك أغلب رجاله.

هو انتزع السهم المشتعل من ساقه مرغمًا، كيلا تنتشر النيران منه إلى ملابسه، ثم تحامل على نفسه واستل سيفه مستعدًّا لقتال كان يعرف أنه لن يدوم طويلًا، ومن حوله ساعدته النيران

المشتعلة على رؤية ساحة المعركة، فلم يرَ فيها إلا الموت ينتظره من كل جهة.

هو لن يخرج من هذه المعركة حيًّا.. هذا ما أدركه حينها، لكنه لم يترك هذه الحقيقة توقفه، بل انضم لمن نجا من رفاقه ليخوض آخر معركة سيخوضها في حياته.

وهو لا يذكر ما حدث بالضبط ليلتها، لكنه يذكر تلك الرائحة التي انبعثت من حوله، إذ أخذ يعمل سيفه في أجساد كل من حاولوا اعتراض طريقه.. رائحة هي مزيج من رائحة الدماء والجثث المحترقة ورياح الليلة الباردة والخوف الذي انبعث من جميع الأجساد، والذي كان دافعهم الوحيد للقتال في هذه الليلة.. المشاهد من حوله تداخلت واختلطت، فلم يعد يذكر منها إلا الأطراف المبتورة والوجوه الصارخة والدماء المتناثرة، والأصوات في تلك الليلة اتحدت لتردد نشيد الحرب الذي أدمن سماعه في كل المعارك التي خاضها سابقًا.

هو لن يخرج من هذه المعركة حيًّا، لكنه قرر ليلتها أنه لن يرحل وحيدًا.. سيأخذ معه وبسيفه أكبر كم ممكن من الأعداء الذين أتوا ليقتلوه وليغتصبوا زوجته وليمزقوا الأزهار في حقله كما لقنه قائده.

والعجيب ليلتها أنه، وعلى الرغم من أنهم كانوا أقل عددًا واستعدادًا، وعلى الرغم من أن عنصر المفاجأة لم يكن في صالحهم، لمح النصر بعيدًا في الأفق في انتظارهم! بمعجزة

ما استطاع رفاقه لمَّ شملهم حول قائدهم الذي تحوَّل إلى إله الحرب في ساحة المعركة، يحصد الأرواح بلا حساب أو توقُّف، مرسلًا في أجسادهم شجاعة كانوا في أمس الحاجة إليها.. أعداؤهم هبطوا إليهم ليحصدوا نصرًا ظنوا أنه من نصيبهم، فوجدوا رجالًا يسعون إلى الموت ويمنحونه لكل من جرأوا على الاقتراب منهم.

ومع النيران التي أحاطت بهم تحولت ساحة المعركة إلى جحيم حقيقي، وقوده جثث كل من سقطوا فيها، وهو يذكر أنه رأى الأمل في هذا الجحيم.

هو شعر أنه سينجو...

أنه سينتصر...

أنه سيرى شمس يوم جديد، وسيعود إلى وطنه على ظهر أول سفينة سيجدها.. كل هذا شعر به حقًّا.

كان هذا قبل أن يدخل الشبح إلى المعركة.

✻ ✻ ✻

هو كان يعرف القاعدة الشهيرة للخروج من المتاهات.

التصق بالجدار على يمينك واتبعه حتى النهاية.. هكذا ستواصل تقدمك في المتاهة طوال الوقت، بدلًا من أن تضيع وقتك في الدوران حول نفسك، وهي قاعدة سيتأكد من سذاجتها بعد قليل!

دون أن يلتصق بالجدار على يمينه تمامًا ـ فهو لن يلتصق

٣٧

بجدار فضي بإرادته ـ أخذ يتقدم في ممر المتاهة الأول الذي وجد نفسه فيه، ليجده ينتهي بممرين متماثلين فاختار أيمنهما، وبدأ يتقدم فيه بسرعة لو رأتها البدينة لفقدت عقلها هلعًا.. الحمقاء تعرف أنه مصاص دماء لكنها لا تعرف قدراته كاملة، وهذه نقطة في صالحه.. إنه يستطيع أن يجوب هذه المتاهة من بدايتها وحتى نهايتها وبسرعة لا تُصدق، فقط لو عرف الاتجاه الصحيح.

الممر الثاني انتهى به إلى ثلاثة ممرات متماثلة، فتقدم هو في الممر في أقصى اليمين بلا لحظة تردد واحدة، محاولًا تجاهل حقيقة أن جميع الممرات من حوله كانت نظيفة لامعة.. نظيفة أكثر من اللازم لو شئنا الدقة.

هذه المرأة كانت تقضي لياليها في تنظيف هذه المتاهة بإخلاص لا حد له، فلا أثر لذرة غبار واحدة في المكان، وهو مجهود شاق لا يستطيع أن ينكر انبهاره به.. ببدانتها هذه وبمقعدها المتحرك كانت تهبط إلى هنا كل ليلة لتأخذ في تنظيف الجدران والأرضيات بإتقان لم يدفعها إليه إلا أملها في أنه سيأتي إلى زيارتها يومًا ما، وها هو قد فعل.. هو الآن يعرف لماذا لم تجد وقتًا لتنظيف منزلها أو للعناية بحديقتها، فهي كرست وقتها كله له، وله فحسب!

من هي؟ ولماذا لا يستطيع تذكرها كما تذكرته هي؟ ولماذا تتصاعد رائحة الشبح من منزلها؟

أسئلة لن يجد إجاباتها هنا، لذا عليه أن يسرع وأن يجد المخرج الصحيح قبل أن تشرق الشمس، فلو تأخَّر.. لو انقضت ساعات الليل قبل أن يتمكن من الخروج من هنا.. فلن يستطيع الخروج أبدًا!

الممر الثالث الذي اختاره انتهى بممرين متماثلين، فواصل هو التزامه بقاعدة الجدار الأيمن ليجد أن المشهد من حوله لم يتبدل ولم يمنحه أدنى أمل في أنه يسير في الاتجاه الصحيح.. ذات الجدران الفضية اللامعة، وذات الأرضية النظيفة، وذات السماعات في السقف يتصاعد منها صوت البدينة الرقيق، إذ قالت:

ـ سرعتك مدهشة حقًّا.. لكن السرعة وحدها لن تكفيك يا عزيزي!

إنها تراه إذن.. مهلًا.. بالطبع هي تراه!

إنها لن تلقي به في هذه المتاهة ليهلك فيها دون أن تمتع نفسها برؤيته وهو يحترق حين تشرق الشمس.. امرأة بذلت كل هذا المال وكل هذه الثروة من أجل القضاء عليه، لن تحرم نفسها من رؤيته وهو يتلوى وقد غمره ضوء الشمس من كل اتجاه، لكن لا بأس.. ليتجاهلها وليسرع قبل أن...

ـ أنت تسير في الاتجاه الخطأ بالمناسبة.. أكره أن أساعدك لكنها الحقيقة.

فتوقف هو مرغمًا وتردَّد... أهي تكذب؟ أهو ـ حقًّا ـ يسير

في الاتجاه الخطأ أم أنها تحاول تضليله؟ لن يعرف حتى يبلغ نهاية هذا الطريق.

سكوووووووووييك..   سكووووووووووييك.. سكووووووووووييك...

هكذا حسم تردده بسرعة ليواصل طريقه وليجد أن الممر الذي اختاره ينتهي بأربعة ممرات هذه المرة، فاختار الممر في أقصى اليمين، وتقدم فيه بذات السرعة التي اكتسبها منذ زمن بعيد.. وفي أعماقه بدأ شعور لا حد له بالغضب في التصاعد ببطء لكن بثقة.

هذه المرأة خدعته.. هذه البدينة الحمقاء المسنة تمكنت من خداعه، وها هو الآن يعدو في متاهتها لأنه سمح لها بخداعه.. لقد كان يحتاج لبعض الشفقة لينهي حياتها، لكنه الآن لم يعد في حاجة إليها.. هو الآن على أتم استعداد لقتلها ودون أن يحصل منها حتى على إجابات لأسئلته.

فلتتصاعد رائحة الشبح من منزلها كما تريد، ولتتذكره هي كما تريد دون أن يذكرها، فهذا لم يعد يهمه.

هو الآن لم يعد يحتاج إلا إلى الخروج من هنا وقبل فوات الأوان، وسيكون أول ما يفعله لو خرج هو أن يقتلها.

سكوووووووووييك..   سكووووووووووييك.. سكوووووووووووييك...

- عزيزي.. أنت لن تخرج من هنا أبدًا.. فلماذا لا تحاول أن تتذكر؟

قالتها، فوجد نفسه يتوقف رغمًا عنه مرة أخرى.

ووجد نفسه يتذكر ما حدث ليلة المعركة.

٭ ٭ ٭

هو يذكر لحظة ظهور الشبح في المعركة، ويذكر كيف تبدلت حياته وإلى الأبد بظهوره.

هناك أشخاص يملكون حضورًا يجبرك على ملاحظتهم، وهناك من يملكون حضورًا يجبرك على التوقف والإصغاء لأي شيء قد يقولونه، وهناك من يملكون حضورًا يجبرك على احترامهم أو الحذر منهم.. وهناك الشبح.

الشبح كان لحضوره ثقل جثم على أنفسهم جميعًا وأجبرهم على التجمد في أماكنهم رهبة واحترامًا.. من كان يقاتل توقف عن القتال.. من كان يغرس سيفه في جسد ضحيته توقف عن غرسه.. من كان يحتضر توقف الاحتضار.. وفي الصدور توقفت الأنفاس وخفقات القلوب.. وحتى النيران المتصاعدة من الجثث توقفت عن التراقص.

الزمن نفسه توقف، والأعين كلها التقت على من لو رأيته مرة فسيكون آخر ما ستراه في حياتك!

كان الشبح فاره القامة، تتصاعد رأسه حتى تكاد تلامس نجوم السماء، وعلى جسده لم تكن هناك درع تحميه كأنه لا يحتاج إلى واحدة، أو كأنه يتحدى الجميع ويغريهم بالاقتراب منه.. يده كانت تقبض على سيف فقد لونه لفرط الدماء التي أسالها

٤١

والأطراف التي بترها، وشعره كان ينسدل على كتفيه فلم تجرؤ الرياح على العبث في خصلاته.. عيناه كانتا بلا لون أو هما تتلونان بألوان الطيف جميعًا، ومن حولهما كان وجهه شاحبًا كما ينبغي للشحوب أن يكون.

وكان يبتسم!

الشبح وقف هناك أعلى التلة المطلة على المعركة يعكس وجهه الشاحب ضوء القمر، متأملًا الجثث المتناثرة والدماء التي لم تفقد حرارتها بعد، وقد حملت شفتاه ابتسامة من طال بحثه عن شيء ما قبل أن يعثر عليه أخيرًا.. ابتسامة ملاك الموت إذ أتى ليحصد نصيبه من الأرواح، فمن سيجرؤ على اعتراض طريقه؟

هو لا يذكر كم من الوقت مرَّ عليهم وهم على هذه الحال.. متجمدين في أماكنهم، تتسع أعينهم هلعًا، عاجزين عن التغلب على الرعب الذي اجتاحهم، وعن التوقف عن النظر إلى من لا يجب عليهم أن ينظروا إليه.. لكنه يذكر أن الشبح كان أول من تحرك ليلتها، وأنه وحينها.. حينها فقط...

بدأت المعركة الحقيقية!

هو في هذه اللحظة كان يقف على قيد خطوات من أحد أعدائه، وكان يهم بغرس سيفه في صدره قبل أن يظهر الشبح، لكنه ليلتها وجد جسده كله يرفض الاستجابة له، وقد أخذت عيناه تحاولان استيعاب السرعة الخرافية التي أخذ الشبح يتنقل

بها وسط من نجا من رفاقه.. حتى عدوه وقف قربه يرمق الشبح ذاهلًا، وقد فقد رغبته في القتال هو الآخر، وكأنما قرر التفرغ لمتابعة المشهد المهيب أمامهم.

الشبح كان يقف أعلى تلك التلة في لحظة.. ثم وفي اللحظة التالية أصبح أسفلها وقد شق سيفه صدر أحد الرجال.. ثم وفي اللحظة التالية أصبح على بعد مئات الأمتار ليطير بسيفه رأس رجل تجمد الذهول على ملامحه حتى آخر لحظة في حياته.. ثم وفي اللحظة التالية تجسد الشبح بين ثلاثة رجال لم يجد أحدهم الفرصة ليعرف كيف انشطر جسده إلى نصفين.. ثم وفي اللحظات التالية وبدون اتفاق مسبَّق أدار من نجوا من فريقه ظهورهم، وانطلقوا يولون الأدبار هاربين صارخين كمن فقدوا عقولهم هلعًا.

وحده قائدهم هو من ظلَّ مكانه، يصرخ فيهم:

ـ عودوا! عودوا أيها الجبناء!

فلم يعد منهم أحد، وهو كان يعرف أنه لو استعاد قدرته على التحكم في جسده فسيلحق بالهاربين دون لحظة تردد واحدة.. هذا إن سمح لهم الشبح بالهرب.

رفاقه كانوا يعدون هاربين بأقصى ما تمكنوا من سرعة، لكن الشبح كان أسرع.. كان أقسى.. كان آخر شيء رأوه في حياتهم، والنصر الذي لاح لهم في الأفق توارى خلف الهالة المحيطة بالشبح، معلنًا أنه أصبح حليفه هو.

لا جيشهم ولا جيش الأعداء سيحصد النصر هذه الليلة.. بل الشبح!

ـ عودوا! عودوا أيها الجبناء!

رددها قائدهم، ثم وبمعجزة ما انتزع نفسه من ذهوله ليواصل القتال منفردًا، فلم يستطع هو أن يفعلها لينضم إليه.. قائده كان يستحق منصبه حقًّا، لكن هو.. هو كان أحمق والحمقى لا يستحقون الموت في حرب لا طائل منها.

لذا وحين هوت جثة أحد رفاقه بين ذراعيه وجد نفسه يسقط أرضًا أسفلها، وقد تصاعد الألم من ساقه المصابة، ليجبره على البقاء هناك.. أسفل الجثة اختبأ وبالموت توارى طلبًا للحياة.

لم يكن الأمر سهلًا بالمناسبة، بل كان ـ وعلى الرغم من خسته ـ شاقًّا مجهدًا وربما أكثر من مواصلة القتال في حضرة الشبح ذاته.

هو وجد أن عليه أن يقاوم ذهوله.. أن يقاوم تلك الرجفة التي سرت في جسده.. أن يقاوم هلعه، وأن يقاوم تلك الرغبة العارمة التي اجتاحته بالهرب من هنا.. أن يرقد هناك وسط جثث من كانوا أصدقاءه، ساكن الجسد جاحظ العينين يرمق الشبح، إذ أخذ يتنقل بسرعته الخرافية في أرض المعركة مطيرًا الرؤوس ومنتزعًا القلوب، بينما قائده يواصل القتال وحده، صارخًا فيمن لم يعودوا على قيد الحياة ليستجيبوا له:

ـ عودوا! عودوا أيها الجبناء!

فلم يعد أحد، ولم يقف هو ليقاتل جواره.

قربه وعلى الأرض رقد محاولًا ألا تصدر منه أدنى حركة تدل على بقائه حيًّا، محدقًا بعينين فقدتا قدرتهما على التصديق في المذبحة التي أقامها الشبح في رفاقه، والتي لم تدم طويلًا كما توقع.. ثم وفي النهاية لم يعد هناك إلا قائده يواجه أعداءً وجدوا أنه لا ضرورة للقتال، ليبتعدوا عنه تاركين إياه للشبح الذي انتزع الحياة من جسد آخر رفاقه، قبل أن يلتفت لقائدهم مبتسمًا بهدوء مخيف.

ـ عودوا! عودوا أيها الجبناء!

رددها قائدهم للمرة الأخيرة ليجد أنه لم يعد هناك سواه.. كتيبته التي كانت تربو على الألف رجل تحولت إلى أكوام متناثرة لألف جثة أو أكثر قليلًا، بعضهم لم يجد الفرصة للقتال وأكثرهم لم يجد فرصة للهرب.. ثم وببطء واثق خطا الشبح أولى خطواته تجاهه.

هو يذكر حينها أنه انتفض رغمًا عنه حتى كاد أن يكشف أمره.. هو يذكر أنه كاد أن يتخلى عن تخاذله لينضم إلى قائده الذي وقف هناك وحيدًا يلهث بلا توقف، وقد أخذ الشبح يقترب منه ببطء مستفز، والدماء تقطر من سيفه، وكأنما قرر الاحتفاظ به للنهاية.. هو يذكر أنه كاد أن يصرخ في قائده متوسلًا: «اهرب.. بالله عليك اهرب».

لكنه لم يفعلها.. هو لم يجرؤ على فعلها.

فقط أخذ يحدق بعينين لا تطرفان في قائده، إذ أخذ يدور حول نفسه بحثًا عمَّن ينجده، قبل أن تتلاقى أعينهما أخيرًا ليتبدى الفهم في عيني قائده ممزوجًا بذهول استحال في لحظة لإحساس عميق بالخيانة والغضب.. لقد عرف...

عرف أنه حي، وأنه يتظاهر بالموت لينجو!

عرف لتطل من عينيه نظرة اتهام لم ينسها هو أبدًا، وعلى الرغم من مرور عشرات السنين على تلقيها ـ أم هي مئات السنوات؟ ـ وهمَّ قائده بأن يقول شيئًا ما، لم يجد الفرصة أبدًا للنطق به.. ففي اللحظة التي تحركت فيها شفتاه كان سيف الشبح ينغرس في قلبه ليخرج من ظهره، فلم تخرج من حلقه إلا شهقة عنيفة هوت على أذنيه هو كألف صفعة.

ثم انتزع الشبح سيفه من صدر قائده ليسقط أرضًا جثة هامدة، ولتنتهي المعركة أخيرًا.

وعلى الرغم من أن النصر أصبح ـ رسميًّا ـ من نصيبهم إلا أن أحدًا من جيش الأعداء لم يجرؤ على التهليل فرحًا أو التلفظ بأي حرف، كأنهم يخشون إفساد الصمت الذي ألقى به الشبح على ساحة المعركة ليبقى.. الكل وقف في ساحة المعركة صامتًا واجمًا يتحاشى النظر إلى الشبح الذي أولاهم ظهره، ليرفع رأسه إلى السماء ببطء، ولياخذ في تأمل القمر الذي شحب لهول ما رآه بهدوء تام.. ثم وحين نطق أخيرًا خرج صوته خافتًا مدويًا:

ـ ارحلوا.

فلم يتردد أحد منهم، ولم يجرؤوا على الاعتراض.. حاملين نصرهم الذي لم يحصلوا عليه بمجهودهم، أسرعوا عائدين من حيث أتوا، تاركين الشبح يقف هناك وسط الجثث والدماء، وتاركين إياه يرقد على الأرض، لا يجرؤ حتى على إغلاق جفونه ليرحم نفسه من رؤية المشهد من حوله.

هو كان خائفًا.

هو كان يشعر بالندم.

هو كان يظن أن الأمر كله قد انتهى وأنه سينجو.

وهو كان مخطئًا في ظنه هذا!

✳ ✳ ✳

وهو كان يسير في الاتجاه الخطأ تمامًا وكما أخبرته البدينة. حقيقة تأكد منها حين بلغ نهاية آخر ممر اختاره ليجد جدارًا فضيًا يعترض طريقه، ويعلن له نهاية هذا المسار، وأن عليه أن يجرب حظه في ممر آخر.. ولأنه لا يملك وقتًا ليضيعه أدار ظهره لنهاية الممر والتزم بالجدار على يساره ليبدأ رحلة العودة إلى نقطة البداية.

سكووووووووييييك ..   سكوووووووووييك ..
سكوووووووووووييييك...

ـ أخبرتك أنك تسير في الاتجاه الخطأ لكنك لم تصدقني!

لم يجبها ولم تنتظر هي إجابته، بل واصلت بصوتها الرقيق:

ـ الآن ستعود إلى نقطة البداية، وستبدأ من جديد، لكن..

٤٧

كم من الوقت أضعته في أول محاولة؟ وكم من الوقت ستضيعه في المحاولة الثانية؟ والثالثة؟ والرابعة؟ كم من الوقت تملكه يا عزيزي؟

وهو السؤال الذي كان يحاول ألا يشغل تفكيره به رغم أهميته.. الشمس ستشرق في موعدها، فهي لن تتأخر من أجله تمامًا كما تخلت عنه يوم رأى الشبح، لكن.. كم من الوقت أمامه قبل أن يحرقه ضوء الشمس في هذه المتاهة الفضية؟

هو زاد من سرعته ليتحول إلى سهم اندفع في الممرات بلا تردد ولا تفكير، وإن لم يبلغ سرعة الشبح ليلتها.. في كل السنوات التي خاضها من بعد هذه الليلة، حاول أن يبلغ سرعته أو نصف قدراته التي رآها بأم عينيه، ليكتشف في النهاية أنه لا أحد يستحق لقب الشبح سواه.. هو الآن مثله لكنه أقل منه.. أوهن منه.. أكثر سذاجة منه.. بدليل أنه سمح لهذه البدينة بخداعه!

سكوووووووييييك..   سكوووووووووووييييك.. سكووووووووووووييييك...

الصوت أثار امتعاضه، لكن ما أصابه بالغثيان حقًّا هو صوت البدينة، إذ تعالى من فم امتلأ بالطعام هذه المرة:

ـ في صغري كنت أهوى صنع المتاهات، وكنت أملك موهبة لا تنكر في هذا المجال حقًّا.. كنت أصنعها من الورق المقوى، وكنت أضع جرذًا فيها لأختبرها ولأرى

إن كان سيستطيع الخروج منها أم لا.. وأتعرف؟ عشرات الجرذان حاولوا الهرب من متاهاتي.. لساعات طويلة وفي بعض الأحيان لأيام أطول.. لكن أحدها لم يتمكن من الخروج أبدًا.

ثم تعالى الصوت المقزز للابتلاع يتبعه صوت قضمة جديدة لامرأة لم تمارس إلا الالتهام حتى التخمة.

هو كان يعرف أن عليه أن يتجاهل امتعاضه.. أن يتجاهل غضبه.. أن يتجاهل رغبته في انتزاع حلقها بأنيابه ليخرسها، وأن يواصل طريقه وبأقصى سرعة ممكنة، فكم من الوقت يملكه حقًّا؟

ـ أنت الآن تذكرني بالجرذان يا عزيزي.. أنت الآن مجرد جرذ يسعى بلا عقل وبلا أمل في الخروج من هنا، لكنك لن تتوقف عن المحاولة.. ستحاول وستفشل.. وفي النهاية ستهلك في متاهتي.

جرذ!

كيف جرؤت؟

هو الذي هزم الموت والزمن تصفه بأنه جرذ؟ هو الذي ملك الليالي وتدثر بظلامها تصفه بأنه جرذ؟

هو الذي رأى الشبح وظل موجودًا بعدها يحمل ذكراه في ثنايا عقله تصفه بأنه جرذ؟

كيف جرؤت؟

سكوووووووووييييك ..   سكووووووووووييييك ..
سكووووووووووييييك ...

غضبه ضاعف من سرعته، وأعاده إلى نقطة البداية في لحظات معدودة، فلم يتوقف ولم يتردد، بل أدار ظهره إلى المقعد المتهشم والذي هبط به إلى هنا، ثم اندفع وبسرعته التي لا تصدق في الممر الأيسر هذه المرة، ليبدأ ثاني خيار له في هذه الليلة، غير واثق من أنه سيقوده إلى المخرج.. من هنا أم لا؟

لكنه سيخرج.

مهما حدث سيخرج.

مهما كلفه الأمر سيخرج، وسيصعد إليها وقبل أن تشرق الشمس.

سيخرج، وسيريها الهول الذي رآه ليلتها وبعد أن انتهت المعركة.

* * *

هو احتاج لساعات طويلة بعد رحيل الشبح ليستعيد السيطرة على أطرافه، وليبدأ رحلة الصعود من أسفل الجثث التي أنقذته من الموت.

كانت كل عضلة في جسده ترتجف.. كل عصب.. كل خلية.. وكان يردد في رأسه وبلا انقطاع: «مستحيل.. ما رأيته مستحيل.. لا بد أنني كنت أهذي.. مستحيل!».

لكن الجثث التي تركها وراءه أجابته بالنفي.. هو لم يكن

٥٠

يهذي والأثر الذي تركه الشبح عليها بأنيابه يؤكد أن ما رآه لم يكن مستحيلًا، بل هو حدث بالفعل.. مئات الجثث ظلت هناك تحدق في الشمس الشارقة بأعين لا تطرف، وبوجوه حملت من الرعب قدرًا يسيرًا مما كان يشعر به، وفي عنق كل جثة خلت من الدماء، كان هناك ثقبان قبيحان أعلنا له الحقيقة التي قاوم تصديقها طويلًا قبل أن يستسلم لها في النهاية، ليفرغ معدته منهارًا على ركبتيه مرتجفًا وبلا توقف.

الشبح فعلها.

الشبح انتظر حتى خلت ساحة المعركة إلا منه وقتلاه، ثم دار على الجثث ليغرس أنيابه في عنق كل جثة و...

وليمتص الدماء منها!

هذه هي الحقيقة مهما حاول مقاومتها أو رفضها، وهذا هو ما بدأ عقله يتقبله ببطء شديد، لتمنحه هذه الحقيقة تفسيرات مترابطة لم تزده إلا هلعًا.. لهذا إذن لا يقاتل الشبح إلا ليلًا.. لهذا إذن هو يملك قدراته الخارقة.. لهذا إذن هو شاحب الوجه.

لهذا إذن هو لا يموت.

لأنه مصاص دماء!

هو الآن يعرف الحقيقة كاملة.. وهو الآن يتمنى لو أنه قد مات بالفعل قبل أن يرى ما فعله الشبح في جثث من كانوا رفاقه على مدار الأشهر الماضية، لكنه وحين جال بعينيه وسط جثث رفاقه لم يجد فيهم من يستطيع تنفيذ أمنيته هذه.. ها هي جثة صديقه

الذي كان يشاركه طعامه قبل كل معركة.. ها هي جثة من كان يحكي له عن أطفاله وعن زوجته التي اشتاق لرؤيتها.. ها هي جثة من أخبرهم بقصة الشبح ومن نصحه بالهرب لو رآه دون أن يتمكن من تنفيذ نصيحته.

وها هي جثة قائده وقد فقدت دماءها بوجهها الذي شحب كوجه الشبح، وبعينيه اللتين واصلتا تسديد نظرة اتهام لا تطاق إليه.. نظرة تقول وبصراحة مدوية: «أنت تخلَّيت عني.. تظاهرت بالموت وتركتني له».

فلم يستطع هو إنكار الاتهام أو الدفاع عن نفسه.. على ركبتيه ظلَّ يرتجف وقد أخذت معدته الخاوية تتلوى محاولة إفراغ ما لم يعد فيها، ومن عينيه سالت الدموع، فلم يعرف هو ليلتها إن كانت دموع ندم أم دموع الخلاص.

هو نجا، لكنه رأى الهول ليلتها.

هو نجا، لكنه عرف أكثر مما كان ينبغي له أن يعرف.

وفي عيني قائده تحولت نظرة الاتهام إلى رسالة قرأها هو فانتفض.. رسالة مختصرة قاسية تقول:

ـ أنت الآن تعرف ما عليك فعله!

فهزَّ هو رأسه وهمس:

ـ نعم أعرف.

ـ أنت لن تحاول الهرب مجددًا.. لن تنجو بحياتك فأنت لا تستحق النجاة!

قالها قائده بعينيه فأجابه هو بالدموع، ولم يحاول الدفاع عن نفسه، لكن جثة قائده لم ترحمه، بل منحته بعينيها آخر رسالة تلقاها هو في تلك الليلة:

ـ أنت تعرف أنك لن تعود يا عزيزي لكنك ستفعلها.. ستنتقم لنا جميعًا و... ستقتل الشبح!

فاستسلم لأمر قائده، ففي الحروب أوامر القادة تنفذ دون اعتراض أو مناقشة، فما بالك لو كان قائدك قد هلك بسبب تخليك عنه؟

وحين أشرقت شمس يوم جديد غير مبالية به، كان هو قد بدأ رحلته إلى معسكر الأعداء يحمل على جسده زي واحد منهم انتزعه من إحدى الجثث، ويحمل في صدره قلبًا لم يتوقف عن الانتفاض.. وفي عقله تعالى النداء متوسلًا:

ـ اهرب.. عد أدراجك إلى السفينة واهرب.. المعركة انتهت ولم يعد هناك سواك.

فلم يستجب لصوت المنطق، بل واصل طريقه إلى حيث ينتظره هلاكه.. نعم المعركة انتهت لكن الشبح لا يزال هناك.. في معسكر الأعداء ينتظر معركة جديدة سيخوضها ليلًا ليحصل فيها على المزيد من الموتى والمزيد من الدماء، وهو لن يسمح له. سيقتله لأنه يجب أن يدفع الثمن.. سيقتله وسيهلك لأنه لا يستحق النجاة!

فقط عليه أن يعرف كيف سيفعلها، وقبل أن يبلغ معسكر

الأعداء، والأهم قبل أن تغرب الشمس، فلو حلَّ الليل قبل أن
يجد الطريقة المناسبة لقتل الشبح، فلن يتمكن من فعلها أبدًا.

وللحظة توقف وفكَّر في أن يرفع عينيه للشمس، ليتوسل إليها
أن تبقى حتى ينتهي من مهمته الأخيرة في هذه الحرب، لكنه
تذكر أنها تخلت عنه سابقًا، وأنها على أتم استعداد للتخلي عنه
مجددًا، فتجاهلها وحثَّ الخطى مدخرًا نظراته لطريقه علَّه يجد
فيه طريقة لقتل من لا يُقتل.

يومها شعر بنفور عجيب من الشمس.

ولو كان يعرف ما سيحدث له يومها...

لألقى عليها بنظرة وداع!

* * *

هو بلغ نهاية مساره الثاني بأسرع مما بلغ به الأول، وإن وجد
ذات النهاية في انتظاره.

جدار فضيٍّ لامع عجز عن عكس صورته، وإن أعلن له خطأ
اختياره بتشفٍّ شعر هو به واحتمله، فلم يكن هناك وقت للرد
عليه.. يجب أن يعود إلى نقطة البداية وبسرعة، ويجب أن يختار
مسارًا جديدًا قد يقوده إلى المخرج من هنا، وقد يضيع له المزيد
من وقت لا يملكه.

ومن فوقه تعالت ضحكات البدينة صاخبة مستمتعة، لتضاعف
من غضبه ومن سرعته، فلم تمر عليه إلا لحظات معدودة
حتى وجد نفسه أمام المقعد المهشم حيث بدأ هذا العذاب

السيزيفي، وفي عقله أخذ يسترجع المسارين اللذين جربهما بالفعل ليستبعدهما، وليمضي في طريق جديد.. هو سيأخذ الممر الأيمن ومنه سيأخذ الممر في المنتصف ثم سيتقدم عبر الممر الثالث تجاه اليسار و...

وماذا لو كان عليه أن يختار المسار الأيسر في البداية؟

سكوووووووييك..   سكووووووووووييك.. سكووووووووووووووييك...

ثم تتعالى ضحكات البدينة الراضية وقد شعرت بحيرته.. لقد وعدته بالمرح هذه الليلة، لكنها لم تخبره أنه سيكون من نصيبه.. هي التي تمرح الآن وهي تتابع محاولاته الخرقاء، وصراعه اليائس مع الزمن الذي قرر أن ينافسه في سرعته.

لكنه لم يتوقف.. حتى لو كان سيمضي في الاتجاه الخطأ، فعليه أن يبلغه وبسرعة لينتهي منه وليعيد المحاولة بحثًا عن طريق جديد.

لذا اندفع بأقصى سرعته عبر الجدران الفضية، محاولًا ألا يضل طريقه، وأن يبحث عن أي علامة تساعده على العودة لو اضطر لها، ومن حوله امتزجت الجدران حتى استحالت إلى ممر واحد طويل بدا وكأنه بلا نهاية.

ـ كما توقعت أنت تختار الممرات بالترتيب الذي تظن أنه الصحيح.

وهذا ما كان يفعله حقًا لكنه لم يتوقف ليجيبها، مدخرًا وقته

للخروج من هنا، ومدخرًا تفكيره ليقرر ما سيفعله بها حين يصعد إليها في النهاية.. إنه يعرف أنه سيقتلها، لكنه لم يقرر بعد كيف سيفعلها.. كل ما يعرفه أنها يجب أن تكون ميتة بطيئة مؤلمة كالميتة التي اختارتها له، فهي تستحق...

هل سيمزق أطرافها من جسدها البدين ببطء؟ هل سيشعل النيران فيها وهي لا تزال حية؟ هل سيهشم عظامها التي لم تعد تقوى على حمل جسدها؟ ليخرج من هنا أولًا وليجرب هذا كله معها إن استطاع!

هو اندفع عبر الممر الأيمن.. فالأيسر.. فالممر في المنتصف.. فالممر الأيمن.. ثم الأيمن مجددًا.. ثم الأيسر.. ثم...

ثم توقف مرغمًا ليتساءل: أكان عليه أن يختار الممر الأيمن آخر مرة أم الأيسر؟

الخيارات من حوله متماثلة، فكيف يعرف إن كان مضى في هذا الطريق سابقًا أم لا؟ لا توجد طريقة للتأكد إلا أن يواصل حتى النهاية، ويجب عليه ألا يتوقف مرة أخرى ومهما كان السبب.. لكنه وفي اللحظة التي همَّ فيها باستكمال طريقه سمع صوت ذلك الصفير يتعالى من نهاية الممر، فألقى بنفسه أرضًا وعلى نحو غريزي ليترك ذلك السهم الخشبي يمرق من فوق رأسه ليغيب في نهاية الممر، حاملًا معه موتًا محققًا كان من نصيبه!

سكوووووووييك..   سكووووووووييك.. سكووووووووووييك...

ثم انفجرت ضحكة المرأة هذه المرة مدوية، لترددها الجدران الفضية صاغرة، بينما ظلَّ هو على أطرافه الأربعة على الأرض قبل أن ينتبه إلى أن أصابعه تحترق، ليبدأ في الوقوف بحذر.. أسهم خشبية؟ هذه البدينة تعرف عنه الكثير حقًّا!

ـ مفاجأة.. أليس كذلك؟

قالتها البدينة بصوتها الذي لم يعد يستشعر الرقة فيه، ثم واصلت:

ـ أخبرتك أنني لن أستطيع غرز وتد خشبي في قلبك، لكن ماذا عن الأسهم الخشبية؟ إنها قادرة على قتلك يا عزيزي.. أليس كذلك؟

فوجد هو نفسه يصرخ فيها مجيبًا ولأول مرة:

ـ ستدفعين الثمن!

ـ بل أنت الذي ستدفعه يا عزيزي! أنت!

سكووووووووويييك..   سكووووووووويييك.. سكووووووووووويييك...

ثم عاد الصمت إلى الممرات يحمل رائحة الموت، فأرسل عينيه إلى نهاية الممر دون أن يجرؤ على التقدّم فيها.

تلك البدينة نجحت في خداعه لكنها لم تكتفِ بهذا.. لقد نجحت في السيطرة عليه أيضًا.

هو الآن لن يجرؤ على التقدم في الممرات بسرعته، فكيف له أن يفعل وقد يعترض سهم خشبي طريقه في أية لحظة لينهي وجوده الذي طال بأكثر مما كان يتخيل أو يستحق؟

الآن سيواصل طريقه ببطء حذر متأهبًا للأسوأ، وهذا لا يعني إلا أنه سيقضي المزيد من الوقت هنا، ولكن...

كم من الوقت يملكه حقًّا؟

الآن سيتقدم تجاه الموت ذاته، لكنها لم تكن مرته الأولى التي يخطو فيها بإرادته صوبه، عالمًا أن أي خطوة يخطوها قد تكون الأخيرة.

هو فعلها سابقًا يوم انطلق إلى الشبح ليقتله.

وهو لم ينسَ أبدًا ما حدث يومها.

* * *

على تلك الربوة انتهت به رحلته، فوقف هناك منهكًا ليتأمل معسكر الأعداء، وليكتشف حماقته متأخرًا.

فأمامه وعلى مدِّ البصر كان المعسكر يرقد على مساحة هائلة من الأرض، وقد انتشر فيه آلاف الرجال بزيهم الموحَّد بين مئات الخيم، ليبدو المشهد أمامه أشبه بخلية نمل عملاقة، عليه هو أن يقتحمها، وأن يعثر على الشبح فيها ليقتله دون أن ينكشف أمره قبلها، فكيف سيفعلها؟

المنطق أعلن له وباختصار أن مهمته مستحيلة.. لن يتمكن من دخول المعسكر دون أن يراه أحد، وحتى لو فعل فلن يستطيع العثور على الشبح وسط هذا المحيط الشاسع من الرجال المستعدين للفتك به عند أول لحظة شك.. ثم إنه لم يعرف بعد كيف سيقتله.

المنطق نصحه يومها بأن يعود أدراجه قبل أن يشعر به أحد، لكنه كان هنا لينفذ أمر قائده، وأوامر القادة في الحروب تنفذ وبلا مناقشة.. ثم هو كان يشعر بالظمأ.. الدماء التي فقدها من جرح ساقه، والرحلة التي قطعها أسفل شمس قاسية لم ترحمه، أورثاه ظمأً لا يحتمل، وفي فمه كان يشعر بلسانه وقد استحال إلى قطعة حطب توشك على التهشم بين أسنانه.. نعم يمكنه أن يتراجع الآن، وأن يحاول العودة إلى السفينة التي أتت به، لكنه لن يتمكن من بلوغها حيًّا.. الخيار الوحيد الذي يملكه الآن هو أن يواصل تقدمه على أمل أنه حتى وإن لم يعثر على الشبح، فقد يعثر على بعض الماء ليرتوي به قبل أن يقتلوه.. لذا وباستسلام تام لمصيره تنهَّد.

ثم تقدم داخلًا المعسكر.

والعجيب أن استسلامه للموت هو الذي أنقذه وللمرة الثانية منه!

الثقة التي خطا بها أولى خطواته داخلًا المعسكر أخفته عن الأعين، وزيهم الذي يرتديه سهَّل له الامتزاج برجال أخذوا ينضجون ببطء أسفل شمس حارة، ينتظرون معركتهم القادمة بلا مبالاة من يعرفون أن الشبح يقاتل في صفهم.. هو كان يشعر بالثقة لأنه لم يعد يبالي بالموت، وهم كانوا يشعرون بالثقة، فمن الأحمق الذي سيجرؤ على اقتحام معسكرهم والشبح معهم؟ هكذا وجد هو نفسه يجول وسط الرجال بخطوات اكتسبت

ثقته تدريجيًا باحثًا عمَّا يصلح لشربه، لتقوده خطواته في النهاية إلى تلك البئر في منتصف المعسكر، فأسرع إليها وقد قرر أنه سيجد فيها ضالته.. لقد أحسن أعداؤه اختيار موقع معسكرهم حقًا، فبوجود هذه البئر يمكنهم أن يبقوا هنا لأسابيع طويلة، في انتظار أي فوج قادم لمحاربتهم دون أن يتجشموا عناء نقل مخزون من المياه معهم.. لو كان يحمل معه بعض السم لدسه لهم في مياه البئر، لكنه لم يحتط لهذا، فهو لم يأتِ هنا للانتصار عليهم.. المعركة انتهت وكتيبته هلكت ومهمته الآن محدودة تتلخص في قتل رجل واحد...

الشبح!

هو بلغ البئر أخيرًا ليستعيد ذكرى تلك الليلة التي سقط فيها في البئر قرب حقله حين كان لا يزال طفلًا.. كانت جدته قد حكت له قصة البئر القادرة على تحقيق الأمنيات، فبحث هو عن واحدة ليطلب منها أن تمنحه الخلود، كيلا يأتي اليوم الذي يموت فيه كأبيه الذي تركهم في أحد الأيام ليقاتل في حرب لم يعد منها أبدًا.

كان طفلًا حين أخبروه أنه مات، فلم يستوعب هو الموقف حينها، لكنه ومع الوقت استوعب حقيقة أن والده لن يعود أبدًا فهو ـ وعلى حد قولهم ـ مات!

اللاعودة.. هذا هو المفهوم الذي اكتسبه عن الموت، ولأنه كان يشعر بأنه سيأتي اليوم الذي يضطر فيه للرحيل، قرر البحث

عمَّا يمنحه الخلود كي يتمكن دومًا من العودة إلى حقله وإلى أزهاره، ليجد تلك البئر المهجورة وليطلب منها أن تحقق له أمنيته هذه.. ساعات طويلة قضاها يومها أمام البئر يتوسل إليها، فلم تمنحه إلا الصمت والتجاهل.. وفي النهاية قرر الاقتراب منها ليعرف سر صمتها، فسقط فيها، وظل أسيرها ليومين كاملين لم يتوقف فيهما عن البكاء، وقد داهمته فكرة مخيفة بأنه لن يخرج منها أبدًا.. لقد سقط فيها ولن يعود.

لكنه عاد.. جده عثر عليه في النهاية وأخرجه منها قبل أن يهلك فيها، فاستيقظ هو بعدها على فراشه وقد تعلم درسًا قاسيًا لم ينسه قطُّ: لا توجد بئر في هذه الدنيا قادرة على تحقيق أمانيك، ومهما حاولت.. مهما قاومت.. سيأتي اليوم الذي «لن تعود» فيه أبدًا.

لكن أمنيته هذه المرة كانت بسيطة.. كل ما كان يحتاجه هو بعض الماء ليروي ظمأه، لهذا أخذ يبحث عن دلو ليملأه بمياه البئر، فلم يجد واحدًا بل وجد سُلَّمًا طويلًا من الأحبال يقوده إلى ظلام البئر... سيكون عليه الهبوط إذن.. لا وقت الآن للاستسلام لمخاوف الطفولة، فما ينتظره بعد أن يحصل على شربة تبقيه حيًّا هي مهمة ستنهي حياته.

هو تنهد مرة أخرى باستسلام تام لمصيره، ثم بدأ في النزول هابطًا البئر ليجد تلك الرائحة في انتظاره.. رائحة أقرب إلى الكآبة الممزوجة بالرهبة بالصدأ بالوحدة.. رائحة لم يعرف يومها أنها ستلازمه على مر السنوات، لكنها لم توقفه حينها، بل

واصل هبوطه حتى وجد الأرض الجافة في انتظاره في الأسفل تعلن له أنه لا يوجد ماء هنا!

حتى هذه البئر لن تحقق له أمنيته!

هو وقف في ظلام البئر ساخطًا، يقاوم رغبة عنيفة اجتاحته بأن يصرخ حتى يجلب رجال المعسكر كلهم إليه، قبل أن يتغلب عليها أخيرًا ليقرر أن عليه الصعود والبحث مرة أخرى و... مهلًا...

هنا ضوء ما قريب!

ضوء خافت استوعبته عيناه لتخفف من حدة الظلام المحيط به، وليميِّز بفضله ذلك الممر الضيق في جدار البئر.. أحدهم شق هذا الممر في قاع بئر جافة ولا بد أنه يقود إلى شيء ما، لن يعرف ماهيته إلا لو بلغه.. شيء أرسل له تلك الرائحة التي كانت مزيجًا من رائحة الكآبة والوحدة والصدأ.

ما هو هذا الشيء؟ لن يعرف حتى يبلغ مصدر تلك الرائحة.

ومتتبعًا مصدر الضوء الخافت، دسَّ جسده في الممر الضيق ليبدأ في التقدم فيه بحذر شديد محاولًا التغلب على الغثيان الذي أصابته به تلك الرائحة.

كان الممر حارًا جافًا لم يزده إلا عطشًا، لكنه لم يكن يملك في جسده من السوائل ما يكفيه كي يتصبب عرقًا.. ثم إن تلك الرائحة اللعينة اشتدت كثافة مع تقدمه، لتأخذ معدته الخاوية في التلوي، حتى بلغ في النهاية ذلك المشعل المغروس في الجدار،

فأسرع إليه لينتزعه من مكانه وليستخدمه في إنارة الطريق أمامه
و... و...

وعلى ضوء اللهب المتراقص من قمة المشعل رأى ما انتفض
له جسده وجحظت له عيناه.. فهناك.. وعند نهاية الممر وعلى
أرضه الجافة.. رقد ذلك التابوت الخشبي أمامه مغلقًا، وإن
تصاعدت منه تلك الرائحة التي لم يعد لديه ذرة شك في
مصدرها، والتي أعلنت له أنه عثر على ضالته.. إنها رائحته هو...
رائحة الشبح!

إنه هنا والآن.. هنا معه أسفل الأرض حيث لن يسمع صراخه
أحد، يرقد في ذلك التابوت الخشبي ـ فالشبح لا يظهر إلا ليلًا
كما يعرف ـ وهو الوحيد الذي رآه واستطاع البقاء بعدها حيًّا..
هذا هو مخبأه بعيدًا عن الشمس، وها هو الآن يقف على قيد
خطوات منه يقبض على مشعله، ويرتجف عاجزًا عن تنفيذ
أمر قائده الأخير له: «أنت تعرف أنك لن تعود يا عزيزي لكنك
ستفعلها.. ستنتقم لنا جميعًا و... ستقتل الشبح».

قائده كان يعرف أنها ستكون نهايته ولم يخفِ عنه تلك
الحقيقة، لكنه لم يخبره كيف...

كيف سيقتل من لا يموت؟

هو وجد نفسه في مواجهة السؤال الذي بحث له عن إجابة
طوال رحلته إلى هنا، ثم وبعد لحظات من التفكير وجد أنه يقبض
على الإجابة بيده...

المشعل.. هكذا سيقضي على الشبح!

سيحرقه!

المعادلة بسيطة وإجابتها واحدة: إن الشبح يرقد الآن في تابوت خشبي، وهو يمسك بمشعل في يده.. سيشعل النيران فيه بينما هو في سباته، وسيسرع هاربًا من هنا ليتركه يحترق ببطء دون أن يجرؤ على الخروج من هنا، وإلا سيجد الشمس في انتظاره في الأعلى.. ستكون ميتة بطيئة مؤلمة لكن الشبح يستحقها.

هل سيتمكن هو من النجاة بعدها؟ لا يهم.. المهم أنه سيفعلها.. سيقضي على الشبح وعلى أسطورته، وسيدفع ثمن تخليه عن قائده، وأغلب الظن أنه لن يخرج من هذه البئر حيًّا، فجده لن يأتي هذه المرة لينقذه، لكن لا يهم.

على الأقل لن يشعر بالظمأ بعد الآن!

ثم وبهدوء عجيب استحوذ على كيانه، ألقى بالمشعل على التابوت الخشبي، ثم وقف أمامه يرمق النيران التي أخذت تنتشر فيه ببطء واثق.. ثم وبذات الهدوء أغلق عينيه وابتسم.

لقد انتهى الأمر.. سيحترق الشبح الآن، وستمتد النيران إليه لتحرقه هو الآخر إن لم تخنقه الأدخنة أولًا.

سيشعر مَن في الأعلى بما حدث، وسيحاولون الإسراع لينقذوا من يمنحهم النصر في كل معركة، لكنهم سيجدون أنهم تأخروا.. سيجدون جثة الشبح في انتظارهم ترقد جوارها جثة من رآه وبقي بعدها حيًّا ليقتله.

ستستمر الحرب بعدها لكنها ستكون متكافئة الفرص، وحتى لو انتهت عند هذا الحد، فلم يعد هذا يشكل له فارقًا، فمعركته هو ستكون قد انتهت.. وسيكون انتصر!

وللمرة الأخيرة أخذ يحاول تذكر ملامح زوجته، فلم يجد مشقة في رسمها في خياله هذه المرة.. وجهها الرقيق أطل عليه من ذكرياته لتمنحه ابتسامة حانية وكأنما قررت توديعه بها و... و...

ومن التابوت الذي تحول إلى كتلة هائلة من النيران تصاعدت تلك الصرخة!

صرخة غاضبة هادرة ارتجت لها جدران البئر حتى كادت تطبق عليه، وأجبرته على فتح عينيه ليحدق ذاهلًا في التابوت الذي أخذ غطاؤه يتحرك ببطء ليكشف عمَّن يرقد بداخله، والذي قرر الخروج ليواجه من جرؤ على إخراجه من سباته.

هو شعر بالرعب يهوي على قلبه ليكبِّل حركته، وليجبره على مواصلة التحديق في الشبح الذي استحال إلى كتلة من اللهب اتخذت شكلًا آدميًا، أخذ يقف ببطء شديد خارجًا من التابوت، بقامته الفارهة، وعينيه اللتين اشتعلتا غضبًا ـ حرفيًا ـ لتحدقا فيه مباشرة.

ثم خطا الشبح أولى خطواته تجاهه.

وهو لم يعرف وحتى الآن كيف استعاد قدرته على الحركة يومها.. كيف وجد نفسه يصرخ هلعًا رافضًا تصديق الهول الذي

تجسد أمامه، قبل أن يندفع بأقصى سرعته في الممر الضيق الذي أتى منه، ليبدأ رحلة الهرب وقد فقد قدرته على رؤية طريقه مع الأدخنة التي انتشرت في المكان.

من ورائه أطلق الشبح صرخة ثانية تزلزل لها كيانه، لكنه لم يتوقف.. صارخًا منتفضًا واصل طريقه إلى قاع البئر الجافة ثم إلى سلم الأحبال ليبدأ في تسلقه صاعدًا غير مبالٍ بما قد ينتظره في الأعلى.. حتى لو وجد جيش الأعداء كله في انتظاره فهم لن يستطيعوا إلا قتله، لكن الشبح...

الشبح اندفع وراءه بسرعته الخرافية كمارد من النار، فرآه هو يتجسد أسفله، وشعر بالنيران التي تصاعدت منه تلفح ساقيه، لكنه لم يتوقف.. بكل الهلع الذي شعر به واصل تسلق سلم الحبال ليجد الشمس تنتظره في السماء من فوقه، ولتنفجر دموع التوسل من عينيه تطالبها بانتظاره: أرجوكِ انتظري.. أرجوكِ وللمرة الأخيرة كوني هناك، فأنتِ الشيء الوحيد القادر على إيقافه!

لم تجبه الشمس يومها ـ بالطبع ـ لكنها لم تتخلَّ عنه.. هناك وفي منتصف السماء أخذت ترمقه، إذ واصل تسلقه خارجًا من البئر تاركًا الشبح في الأسفل يحترق، ويصرخ للمرة الأخيرة صرخة ارتجفت لها السماء حتى كادت تهوي على رأسه.

لكنه خرج!

لا يعرف كيف فعلها، ولم يتوقف ليعرف.. فقط وجد نفسه

يخرج من البئر ليسقط على الأرض بجواره، وقد أخذت الأدخنة تتصاعد من فوهته ممزوجة بتلك الرائحة التي اخترقت ذكرياته لتبقى فيها وإلى الأبد، ثم وبدون لحظة تردد واحدة هبَّ واقفًا على قدميه، ليبدأ رحلة الهرب من المعسكر وقد فقد شعوره بكل شيء إلا هلعه.

ألم ساقه لم يوقفه.. صرخات الرجال في المعسكر لم تلفت انتباهه.. وحتى ظمأه نسيه.. وقد تحول العالم كله من حوله إلى ممر واحد طويل، يقود إلى السفينة التي أتت به إلى هنا.. ممر يجب عليه أن يبلغ نهايته قبل أن تغرب الشمس التي واصلت رحلتها بتأنٍ من لا تعير كل ما يحدث على الأرض من أسفلها اهتمامًا.

أرجوكِ.. أرجوكِ انتظري!

هو يومها اندفع بأقصى سرعته في ممر هربه لاهثًا والدموع تعيق قدرته على الرؤية.

هو يومها تعثر وسقط ثم وقف ليواصل عدوه.

هو يومها كان يدرك أنه في سباق مع الزمن شاركته فيه الشمس في السماء، فهل سيبلغ السفينة أولًا أم ستغرب الشمس قبلها؟

أرجوكِ.. أرجوكِ انتظري!

لكن ومنذ متى والشمس تبالي بحياة رجل على أرض يهلك فيها الآلاف كل يوم؟!

هو لم يحصل يومها على إجابة منها لكنه لم يتوقف.

وهو يومها لم يكن يعرف أن سباقه مع الشمس لن يكون الأخير.

❋ ❋ ❋

فها هو الآن يسابق الشمس مرة أخرى لكنه سباق عكسي.

هو الآن كان يخشى اللحظة التي ستشرق فيها ليملأ ضوؤها ممرات المتاهة الفضية، وليحرقه كما أحرق هو الشبح في أعماق البئر.. الموقف الآن لا يحمل أي نوع من العدالة الشعرية، فهو ليس هنا ليدفع ثمن ما فعله في الشبح، بل ما فعله في تلك البدينة والتي لا يزال حتى الآن عاجزًا عن تذكرها أو فهم العلاقة بينها وبين الشبح.

سكووووووووييييك.. سكووووووووييييك.. سكوووووووووووييييك...

والمشكلة الآن أنه كان عاجزًا عن المضي بسرعته التي اكتسبها، فالموت قد يداهمه في أية لحظة، في صورة سهم خشبي قد ينهي سباقه وحياته معًا.. لذا أخذ يتقدم ببطء حذر في ممرات لم يعرف إن كانت ستقوده إلى حيث يريد أم لا، وإن وجد أنها أخذت تضيق من حوله تدريجيًا!

ملاحظته هذه أجبرته على التوقف ليتأكد منها فوجد أنها صحيحة.. هذا الممر الذي بلغه أضيق وقد تقاربت جدرانه، وانخفض سقفه بدرجة ملحوظة.. لكن.. لماذا؟

ـ أخيرًا بدأت تقترب من الاتجاه الصحيح.. أنت محظوظ يا عزيزي!

٦٨

قالتها البدينة باستمتاع، ثم بدأت تشرح:

ـ لقد بلغت المرحلة الثانية من المتاهة، وفيها سيبدأ المرح الحقيقي كما سترى بنفسك بعد قليل.. ولأنك استطعت بلوغ هذه المرحلة فأنت تستحق مكافأة.. ما رأيك في بعض الموسيقى؟

ودون أن تنتظر إجابته بدأ ذلك اللحن في الانبعاث من السماعات المنتشرة في المكان ليغمر الممرات من حوله، وليغمره بيقين لا يدحض بأنه سمع هذا اللحن سابقًا!

هذا اللحن مألوف.. إنه يثق من أنه استمع إليه من قبل، كما يثق الآن من أنه لن يخرج من هنا حيًّا.. متى سمعه وكيف؟ لا.. ليركز الآن على ضيق الممرات والغرض منه، فالبدينة لم تفعلها عبثًا.. بل حتى هذا لا وقت له، فعليه ألا يضيع المزيد من الوقت الذي ينزف منه وبسرعة.. لذا قرر تجاهل اللحن والمضي في طريقه وإن اعترف في أعماقه أنه واحد من أجمل الألحان التي سمعها في حياته وأكثرها عذوبة.

لحن يليق بلحظاته الأخيرة حقًّا.

ومن حوله أخذت جدران الممرات في الاقتراب منه، ومن فوقه أخذ سقف الممرات في إجباره على الانحناء تدريجيًّا، ومع الوقت بدأ يفهم.. ضيق الممرات سيحد من حركته وبالتالي سيجبره على المزيد من الإبطاء ليخسر المزيد من الوقت رغمًا عنه.. هذه البدينة عبقرية حقًّا.

الممرات الآن تذكره بذات الممر في البئر والذي قاده إلى مخبأ الشبح، وهو الآن يثق أنه له علاقة بما يحدث بصورة أو بأخرى.. ربما هو الشبح وقد عاد لينتقم منه.. لكن... لماذا؟

ألم يكفه ما فعله به في ذلك اليوم؟

* * *

هو بلغ الشاطئ مع غروب الشمس، فانهار هناك على ركبتيه وقد فقد قدرته على المواصلة.

طوال المسافة من المعسكر وإلى هنا لم يتوقف عن العدو، مدفوعًا بطاقة منحها له هلعه، لكن طاقته هذه نضبت أخيرًا، وقد أصبح على قيد خطوات معدودة من سفينته.. إنه يراها الآن أمامه لكنه عاجز عن بلوغها وقد تلاحقت أنفاسه، وتسارعت ضربات قلبه لتدوي في أذنه ساخطة، ومن جرح ساقه كان الألم المتصاعد هو الشيء الوحيد الذي حال بينه وبين فقدان الوعي.

لكنه هرب.. هرب ونجا.

إنه الرجل الوحيد على ظهر هذه البسيطة الذي لم ير الشبح فحسب.. بل قتله ونجا بعدها!

في دياره سيلقبونه بـ«قاتل الشبح»، وفي المعارك القادمة سيحكي الجنود قصته، وهو الآن سيخبر بها من ينتظرونه على السفينة قبل أن يعود معهم إلى وطنه، حيث لن يخرج من منزله ثانية أبدًا.. سيقضي ما تبقى له من عُمر هناك وسط حقله

٧٠

وأزهاره، ومع زوجته التي لن يحتاج بعد اليوم لتذكر ملامحها، فهو لن يتركها ثانية ومهما كان السبب.

لقد انتهت المعركة وهُزمت كتيبته.. لكنه انتصر.

وكما منحه هلعه الطاقة اللازمة للعدو إلى هنا، منحه مشهد السفينة الغافية أمامه على أمواج البحر الطاقة اللازمة ليتحامل على نفسه وليبدأ زحفه تجاهها.. في السماء كانت الشمس قد بدأت رحلتها الأخيرة للغرب لهذا اليوم، فلم ينظر هو إليها وإن شعر تجاهها بنوع من الامتنان.. لقد ظلَّت هناك حتى بلغ السفينة، وهو الآن لن يمانع لو تركته، فهو لم يعد في حاجة إليها.. يمكنها أن تخلد للنوم الآن، فهذا هو ما سيفعله ما إن يصل إلى غرفته و...

ودون أن يتذكر كيف ومتى أظلمت الدنيا من حوله، فلم يشعر بما حدث له بعدها.. فقط فتح عينيه ليجد نفسه على سطح السفينة والرجال عليها يحيطون به يمطرونه بأسئلتهم، فكانت الكلمة الوحيدة التي استطاع أن يُنتزعها من حلقه الجاف هي:

ـ ماء.

ليحضروا له قربة ماء التهمها هو في ثوانٍ لم يتوقف فيها لالتقاط أنفاسه.. ثم وبعد أن روى ظمأه استعاد قدرته على تمييز الأصوات من حوله، ليجد من يسأله:

ـ ما الذي حدث؟ لقد عثرنا عليك على الشاطئ!

فاحتاج هو إلى المزيد من الماء ليسترد قدرته على التذكر

والإجابة.. وبعد أن منحهم القصة كاملة باختصار، تبدى الذهول في أعين الرجال، وصاح أحدهم غير مصدق:

ـ أتعني أنك الوحيد الذي نجا؟

قالها بلهجة من وجده أنه لا يستحق النجاة كقائده، فأجاب هو:

ـ نعم.. لكني قتلت الشبح.. انتقمت لرجالنا وقتلته.

فلم يبدُ الاقتناع في أعينهم ولا في الصمت الذي خيَّم عليهم.. هو قتل الشبح؟ مستحيل! لكن قبطان السفينة قال في النهاية بحسم من أدرك أن مهمته هنا انتهت:

ـ إذن فلم يعد لوجودنا هنا فائدة.. سنرحل مع شروق الشمس.

ـ بل الآن.. يجب أن نرحل الآن!

ـ لماذا؟ ألم تقل أنك قتلت الشبح؟ ما الذي تخشاه إذن؟

لم يستطع هو الإجابة وإن شعر في أعماقه بذات الشعور الذي صاحبه في الليلة الماضية.. ثمة شيء ما سيحدث.. هذه الليلة لن تمر بسلام وما عليهم الآن هو أن يرحلوا وبسرعة قبل أن...

ـ خذوه إلى غرفته وضمدوا جراحه.

ـ لكن...

ـ ادخر قواك فستحتاج إليها غدًا.. رحلتنا شاقة والحرب لم تنته بعد.

لم يستطع هو مقاومة الرجال الذين حملوه إلى قلب السفينة، ليرقدوه على فراش في غرفة حملت رائحة رفاقه الذين هلكوا

في الليلة الماضية.. هم لن يعودوا لكن رائحتهم ظلت هناك معه تشهد على وجودهم في يوم من الأيام، وها هي الآن تتصاعد من حوله لتمنحه شعورًا قاسيًا بالمرارة.

لكن لا بأس.. لقد انتقم لهم وقتل الشبح.. هو واثق من أنه فعلها.

لقد رآه يحترق، وسمع صرخته الأخيرة إذ تعالت من البئر، ويعرف أنه لن يكون له وجود إلا في كوابيسه بعد هذه الليلة.. مع الشروق سيرحلون وسيبتعدون عن أرضه، فلن يعود هو لها أبدًا، لكنه سيحمل ذكرى ما حدث فيها وحتى آخر يوم في عمره.

هو لا يذكر كيف استسلم للنوم ليلتها، ولا يذكر ما الذي أيقظه.. فقط يذكر أنه شعر بالصمت الذي خيَّم على السفينة يجثم على صدره حتى كاد أن يزهق أنفاسه.. أكان هو ما أيقظه؟ الصمت؟

على فراشه اعتدل ونادى على الرجال في السفينة فلم يجبه أحد.. كرر النداء فرددت جدران السفينة صدى ندائه، ثم استردت صمتها لتغرقه به.

أين ذهب الجميع؟

ببطء غادر فراشه، وبخطوات مترنحة بدأ يتحرك خارجًا.. كان الدوار يعصف برأسه، وكان الألم من جرح ساقه قد استحال إلى لهيب لا يحتمل، فأدرك هو أن ساقه لن تحتمل رحلة العودة..

سيضطر إلى بترها ما إن يصل إلى أرضه، لكن لا بأس.. المهم أن يعود إلى وطنه أولًا وبعدها فليبتروا رأسه لو أرادوا.

وبحلق لم يعرف كيف استعاد جفافه، نادى مرة أخرى على من حملوه إلى هنا، فلم يحصل منهم على إجابة.

أين ذهب الجميع؟

هو تسلق سلم السفينة صاعدًا ليبحث عن إجابة لسؤاله هذا، فوجد القمر في انتظاره في الأعلى يطلُّ عليه بوجهه الشاحب كشحوب وجه الشبح، ثم وعلى سطح السفينة عثر على إجابته التي توقعها كما كان يخشاها.

إجابة كان أول وجه منحها له هو وجه قبطان السفينة، وقد رقد على ظهره بجسده الذي خلا من الدماء وبالثقبين في عنقه يحدق في اللاشيء بعينين لا تطرفان.. وجواره كانت ترقد جثة ثانية.. وثالثة.. ورابعة.. وخامسة...

جثث كثيرة ولا نقطة واحدة من الدماء!

هو كان يتوقع هذا المشهد بصورة أو بأخرى، لكنه لم يتمالك نفسه من أن يشهق وينتفض، وهو يتأمل الجثث المتناثرة في المكان قبل أن يعود إلى جثة القبطان، وليهمس:

ـ أيها الأحمق.. كان علينا أن نرحل وبسرعة، فلماذا لم تصغ لي؟!

فلم يتبدَّ الندم في عيني القبطان، ولم يكلف نفسه عناء الإجابة.. لقد رأى الشبح ولم ينجُ بمعجزة كما نجا هو، فالمعجزات لا تتكرر كثيرًا كما تعرف.

هو لحظتها لم يعد يشعر بالدوار.. لم يعد يشعر بالألم من جرح ساقه.. لم يعد يشعر بالظمأ ولا حتى بالخوف.

سكينة عجيبة استحوذت عليه، وقد أدرك أنها نهايته، فأغمض عينيه وظلَّ مكانه ينتظرها باستسلام لم يعد يملك سواه، لتتصاعد خطوات بطيئة على أرض السفينة الخشبية، تتجه له ببطء واثق.

إنه هو.. الشبح!

هو لم يستطع القضاء عليه كما ظن، وهو الآن حي لأن الشبح قرر ادخاره للنهاية لا أكثر.

ومنه أخذت الخطوات تقترب!

وهو كان يعرف أنه سيلحق الآن بكتيبته.. سيلتقي بقائده بعد لحظات وسيخبره أنه حاول.. أنه ذهب إلى مخبأ الشبح وأشعل النيران في جسده، لكنه لم يستطع قتله فالشبح لا يموت.

ومنه أخذت الخطوات تقترب أكثر!

سيخبره قائده أنه كان يجب عليه أن يلحق بهم فهو لا يستحق النجاة.. سيخبره أنه لا يستحق أن يعود إلى منزله ولا إلى حقله وأزهاره ولا إلى زوجته التي لم يعد قادرًا على تذكر ملامحها، ولن يجد الفرصة ليحاول ثانية.

ومنه أخذت الخطوات تقترب أكثر ثم توقفت أمامه مباشرة، فجاهد هو كيلا يفتح عينيه، وكيلا يرى أسوأ كوابيسه وقد تجسدت أمامه.. إن الشبح يقف أمامه الآن مباشرة.. بوجهه الذي احترق، وبجسده الذي لم يغطه بدرع كأنه لا يحتاج إلى واحد، فمن الذي

سيجرؤ على الاقتراب منه؟ إنه أمامه مباشرة، وها هو يبدأ بصوته الهامس المدوي:

ـ أنا لست الأول...

ومرَّت لحظة من الصمت كألف عام، قبل أن يردف:

ـ ولن أكون الأخير...

ثم شعر هو بأنياب تطبق على عنقه وبدمائه الحارة تنسكب خارجة من جسده إلى حيث لن تعود.

وللحظة شعر بالضعف والبرد والعجز والخلاص.

ثم لم يعد يشعر بشيء.. أي شيء.

لكنها لم تكن النهاية...

* * *

فالنهاية ستكون الليلة لو لم يخرج من هنا.

اللحن العذب لا يزال ينساب من حوله، وهو كان قد انحنى حتى لامست يداه الأرض الفضية، ليشعر بهما تحترقان مع ملمسه، لكنه أخذ يواصل طريقه ببطء ومشقة في الممر الذي أعلن له في نهايته أنه في الاتجاه الخطأ.. عليه أن يعود من حيث أتى، وأن يبدأ من جديد على أمل أن يعثر على الاتجاه الصحيح هذه المرة، أو أن يقضي عليه أحد الأسهم الخشبية أيهما أقرب.

وحين بلغ بداية المرحلة الثانية من المتاهة، توقف وأخذ يحاول استرجاع الطريق الذي سلكه في المرة الماضية، ليتحاشاه هذه المرة، فلم يعد هناك وقت لتكرار المحاولات الخاطئة.

هو كان يعرف أن عليه أن يخرج من هنا وبأي ثمن.

الخيارات أمامه عديدة، لكن واحدًا منها فقط سيقوده إلى حيث يريد، بينما لن تقوده باقي الخيارات إلا لهلاكه وهو عليه أن يحسم أمره وبسرعة.. عليه أن يتمالك نفسه ويسيطر على أعصابه ويختار.. ثم عليه أن يتحمل نتيجة اختياره.

سكوووووووبيك..   سكووووووووبيك.. سكوووووووووبيك...

هو كان يرتجف رغمًا عنه.. كان يتألم، وكان يشتم رائحة جلده المحترق، لكن الأسوأ أنه كان يشعر بالخوف.. لأول مرة ومنذ عشرات السنين ـ أم هي مئات السنوات؟ ـ يشعر به، مشكلة الخلود الحقيقية أنه يفقدك إحساسك بالزمن، وهي مشكلة لن يعاني منها بعد الآن لو أخطأ الاختيار.

لكنه لو نجح.. لو استطاع الخروج من هنا بوسيلة ما... فسيقتلها!

سيقتلها وبعدها ليهلك، لكن المهم أن يقتلها أولًا.. أن يراها تتألم.. أن يراها تتعذب.. تموت بذات البطء الذي سيموت به لو أشرقت الشمس وهو لا يزال هنا.

ـ أسرع يا عزيزي.. فالشمس لن تنتظرك حتى تخرج من هنا!

قالتها البدينة لتلوث عذوبة اللحن من حوله بصوتها، فهمَّ أن يصيح بها آمرًا إياها أن تخرس، لكنه وجد أنه لا وقت لهذا.. إنها ـ وللأسف ـ محقة.

يجب عليه أن يسرع لو أراد الخروج من هنا.. يجب. الممرات من حوله أخذت تضيق وتضيق، ومع الوقت تحولت انحناءاته إلى زحف على الأرض الفضية، احتمل هو ألمه مرغمًا، كما احتمل رائحة جلده المحترق.. لكنها لم تكن مرته الأولى التي زحف فيها ليخرج من مكان ما.

هو فعلها من قبل حين وجد نفسه في آخر مكان توقع أن يزحف خارجًا منه.

∗ ∗ ∗

هو استيقظ هذه المرة ليجد نفسه راقدًا في قبره.. وفيه قضى خمس ليالٍ كاملة.

في الليلة الأولى كانت الصدمة، وكانت في بدايتها لكونه لا يزال حيًّا أكثر منها لكونه حيًّا في قبر أطبقت عليه جدرانه من كل الجهات.. ففي ظلام القبر وسكينته تفجرت الأسئلة في عقله وبمجرد أن فتح عينيه.

إنه لا يزال حيًّا.. كيف؟ ألم يقتله الشبح؟ ولو قتله فكيف استيقظ الآن؟ وإن كان لم يقتله، فلماذا تركه حيًّا بعد كل ما حدث؟ وإن كان لا يزال حيًّا فمن الذي دفنه ولماذا؟

أسئلة زاحمته ظلام قبره وملأته صخبًا، فحاول أن ينتفض ليخرسها وليكتشف أنه عاجز تمامًا عن الانتفاض أو الحركة.. الأرض الطينية كبلت أطرافه، وصدمته استحالت في ثوانٍ إلى هلع اكتنفه ودفعه للصراخ، ليجد أنه عاجز عن الصراخ حتى،

فكيف له أن يفعل وقد حشر أحدهم تلك الورقة في حلقه لتكتم أنفاسه ولتورثه ظمأ لا يحتمل؟

إنه حي.. إنه مدفون.

وهو أضاع الساعات الأولى من حياته الجديدة يحاول الاستيعاب أو استعادة صوته أو الحركة دون جدوى، ليسكن جسده في النهاية مستسلمًا لمصيره.. إنه حي لكنه لن يظل كذلك طويلًا.. مع الوقت سيختنق في ظلام قبره أو سيهلك ظمأ، أو سيوقف الهلع قلبه في صدره ليرحمه مما هو فيه.

هذا هو عقاب الشبح له إذن.. لقد دفنه حيًّا ليتركه أسير الهلع والعذاب وحتى الساعات الأخيرة من حياته.. عقاب يليق بما فعله معه ويليق بشبح لم يره أحدهم وبقي حيًّا إلا بمعجزة من المعجزات التي لا تتكرر كثيرًا.. لكن لا بأس.

لو كانت هذه النهاية فسيتقبلها برضا.. سيتوقف عن المقاومة وسيتحمل عجزه وظمأه وسيحاول الاسترخاء إلى أن يظفر بالراحة الأبدية.. نعم هو «لن يعود» من هنا، لكنه وعلى الأقل سيخرج من عالم يعيش فيه الشبح الذي كان آخر ما قاله له:

ـ أنا لست الأول.. ولن أكون الأخير.

فما الذي كان يقصده؟ لا يهم.. لن يعرف فهو لن يخرج من هنا أبدًا.. كل ما عليه الآن هو أن يسترخي...

وأن يموت...

لكنه وفي الليلة الثانية وجد أنه لا يزال حيًّا!

هو عجز تمامًا عن استيعاب تلك الحقيقة، وقد وجد فيها نوعًا من الظلم الذي لا يستحقه.. سواء كان الشبح قتله أم لم يفعل، فهو مدفون في قبر خلا من الهواء ومنذ الليلة الماضية، فلماذا لم يهلك بعد؟

لقد استسلم للموت ورضي به، فلماذا لم يقبل الموت استسلامه؟

ثم إن الموت أرحم وبكثير مما هو فيه الآن.. تخيل أن تقضي يومًا كاملًا راقدًا مكبلًا وقد دسَّ أحدهم ورقة في حلقك لا دور لها إلا أن تمنحك ظمأ لا بداية له ولا نهاية.. تخيل أن تشعر بالأرض تجثم على وجهك وأطرافك لتحرمك من حقك في الحركة أو التنفس دون أن تحرمك من حقك في الحياة.. إن ما هو فيه ـ وببساطة ـ ظلم لا يستحقه.

حتى لو كان تخلى عن قائده في المعركة.. حتى لو كان جرؤ على اقتحام مخبأ الشبح محاولًا قتله.. حتى لو كان هو الشبح ذاته، فما هو فيه الآن أشد قسوة وبمراحل مما يستحق.. يكفيه أنه عاجز عن النوم حتى في صمت قبره وظلامه.

ثم من هو ذلك الأحمق الحقير الذي دسَّ تلك الورقة في حلقه؟ فقط لو استطاع إخراجها من فمه لشعر ببعض الراحة.. إن الشعور بالظمأ شيء وأن تشعر به مع ورقة جافة تمتص ما يتبرع به جسدك عليك من لعاب شيء آخر.. ربما لو استطاع تحريك ذراعه فحسب ليخرجها من فمه...

هو حاول أن يفعلها.. حاول أن يحرك ذراعه، لكنها رقدت هناك جوار جسده وأسفل الأرض تأبى أن تتزحزح من مكانها، وكأنما فقد سيطرته عليها.. أأصابه الشبح بالشلل قبل أن يدفنه؟ لا.. إنه قادر على تحريك أنامله حركة خافتة، لا يستطيع رؤيتها لكنه قادر على الشعور بها.. هو فقط عاجز عن جذب ذراعه إلى وجهه مع ثقل الأرض الراقدة عليها، أو قد يحتاج لوقت طويل قبل أن يتمكن من فعلها، وهو لا يملك إلا الوقت هنا.

إنه حي.. إنه مدفون.

لهذا قضى ليلته الثانية في قبره يحاول جذب ذراعه إليه، قبل أن يستبد به اليأس ليعاود محاولة الاستسلام للموت الذي طال انتظاره دون أن يأتي.. هكذا سيهلك إذن.. غيظًا!

لكنه وفي الليلة الثالثة وجد أنه لا يزال حيًّا.

هو شعر بغضب مجنون أورثته إياه تلك الحقيقة، وقد فقد معه قدرته على التفكير المنطقي، وأي منطق هذا الذي لنا أن ننتظره من رجل قضى في قبره ثلاث ليال كاملة، دون أن يهلك ودون أن يظفر بلحظة نوم واحدة حتى؟

وغضبه كله تركَّز في إخراج تلك الورقة اللعينة من فمه.. لم يعد يهمه أن يفهم أو أن يحصل على إجابات لأسئلته، فعالمه كله حينها تلخص في شيء واحد عليه فعله...

أن يخرج الورقة من فمه.

هو عاود محاولات جذب ذراعه إلى وجهه دون جدوى

في البداية، لكنه هذه المرة لم يتوقف.. بطاقة منحها له غضبه أخذ يحرك أصابعه، حتى استجابت له بعد أن شاركته الأرض الطينية الجاثمة فوقها استسلامه، ثم وبأصابعه أخذ يحفر طريقه إلى وجهه وقد أخذ يمني نفسه باللحظة التي سينتزع فيها الورقة من حلقه، ليظفر بموت هادئ أقل ظمأً.

في البداية تحركت أصابعه حتى استعادت حريتها.. ثم تحركت يده كلها لتشارك أصابعه الحفر.. ثم وبعد ساعات طويلة بدأت ذراعه كلها في التزحزح قبل أن يتمكن أخيرًا من ثني مرفقه ليدفع بيده دفعًا إلى صدره و... و...

وحين لامست يده صدره تأكد مما شك فيه طوال الليلتين الماضيتين دون أن يجرؤ على الاعتراف به...

إنه لا يتنفس.. لا يتنفس ولا يوجد في صدره قلب ينبض!

إنه حي.. إنه مدفون، لكنه ليس حيًّا تمامًا!

هو ـ ولو شئنا الدقة ـ مستيقظ لا أكثر!

هنا ترك يده راقدة على صدره للحظات، ليتأكد من أنه لا يوجد فيه قلب ينبض ولا أنفاس تتردد، قبل أن يقرر تجاهل هذه الحقيقة أيضًا ليواصل رحلته إلى وجهه وإلى الورقة في حلقه.. فليكن جثة حية بلا قلب ولا رئتين.. فليكن رأسه ذاته مفصولًا عن جسده، فكل هذا لم يعد يهمه الآن.. المهم أن يخرج الورقة من حلقه وقبل أن يستبد به الجنون.

لذا واصل الحفر حتى لامست أنامله ذقنه في النهاية ليرتجف

جسده لهفة، وليفتح فمه على اتساعه سامحًا لأصابعه القذرة بملء فمه بمذاق الأرض الطينية الجاثمة عليه، قبل أن يحكم أصابعه حول الورقة و...

وبحركة سريعة انتزع الورقة من حلقه، ليملأ ظلام قبره بصرخة هي مزيج من الغضب والألم والخلاص.

هو فعلها.. فعلها!

أخرج الورقة من حلقه ليسترد الشعور بلسانه، وليجده أجف من الورقة التي قبضت عليها أنامله، والتي فاحت منها رائحة صدئة لم يخطئ لحظة واحدة في تمييز صاحبها.. إنها رائحة الشبح.. هو من دسَّ الورقة في حلقه إذن.. هو من قرر عقابه بالموت ظمأً.

لكنه فعلها.. والآن!

هو أغلق فمه وفتحه عدة مرات محاولًا إفراز بعض اللعاب فيه ليخفف من عطشه، لكنه ظل جافًا خشنًا يتحدى محاولاته، فتوقف عنها في النهاية واجدًا أن الشيء الوحيد الذي حصل عليه وبعد معاناة، هو تلك الرائحة الصدئة الخانقة التي اكتست بها جدران قبره.

ظمأ.. عجز.. لا موت.. والآن تلك الرائحة!

هو صرخ.. بغضب مرير صرخ صرخة لو سمعها أحدهم فوق قبره لأطلق ساقيه للريح هلعًا دون أن يتردد لحظة واحدة، وصرخته هذه أورثته المزيد من الجفاف في حلقه.

هو لا يزال حيًّا.. هو لا يزال مدفونًا.

لكنه الآن استطاع تحرير ذراعه، ولو تحامل على نفسه فسيتمكن من تحرير الأخرى.. ما الذي يمكنه فعله بذراعيه في قبره؟ يمكنه أن يستخدمهما في حفر طريقه خارجًا إلى سطح الأرض.. سيستغرق هذا وقتًا، لكنه لن يطيق البقاء هنا أكثر من ذلك.. الوقت والجفاف ورائحة الشبح ستدفعه دفعًا للخروج من هنا وبأي طريقة.

هكذا قضى ليلته الثالثة يحفر طريقًا لجسده الذي لم يعد فيه قلب ينبض ولا صدر تتردد أنفاسه، آملًا أن يرحمه الموت في أية لحظة لينهي عذابه.

لكنه وفي الليلة الرابعة وجد أنه لا يزال حيًّا.

واقفًا في قبره ـ بعد ساعات طويلة لم يتوقف فيها عن الحفر لحظة ـ وجد أنه لا يزال أسير عالمنا، يصارع الجفاف في حلقه ورائحة الشبح من حوله، ولا يزال يحفر.. لكنه ليلتها كان يشعر بالأمل.

لقد استطاع تحرير ذراعيه ورأسه وأغلب جذعه، ولا بد أنه اقترب من سطح الأرض ولو لسنتيمترات معدودة.. كل ما عليه الآن هو أن يواصل شقَّ طريقه إلى السطح، وهناك سيجد ـ حتمًا ـ ما يروي به ظمأه وما سيخلصه من تلك الرائحة اللعينة.. المهم ألا يموت قبل أن يفعلها.. سيكون من الظلم أن يهلك بعد أن بلغ هذا الحد.

لكنه وفي الليلة الخامسة وجد أنه لا يزال حيًّا.

هو لم يشعر بالإرهاق بعد ثلاث ليالٍ متواصلة قضاها في حفر قبره، لكن هذه النقطة لم تستوقفه.. إنه لا يتنفس ولا يحوي في جسده قلبًا ينبض، فلماذا سيشعر بالإرهاق؟ إنه فقط يشعر بالظمأ، وهذا هو دافعه الوحيد ليواصل ما يفعله.. يشعر بالظمأ ويرى في الظلام وبوضوح تام، وهي ملاحظة أخرى لم تستوقفه ولم تشغل باله طويلًا.

وهو اقترب من سطح الأرض كثيرًا.

الأرض من فوقه غدت أكثر تفككًا، وذراعه أصبحت تزيح من الأتربة أضعاف ما كانت تزيحه في الليلة الماضية، وجدران قبره أصبحت هناك.. أسفل قدميه وبمسافة لا بأس بها.

هذا الاكتشاف منحه المزيد من الطاقة التي استغلها في مواصلة الحفر وحتى أتت اللحظة التي ضرب بها الأرض من فوقه بذراعه، ليشعر بها تخترق السطح أخيرًا وليشعر بهواء الليلة البارد ينساب من بين أصابعه.. لقد فعلها أخيرًا.

إنه حي.. لكنه لم يعد مدفونًا.

هنا واصل الحفر بقلب عجز عن النبض فرحة ولهفة، حتى وجد وبعد لحظات معدودة رأسه يطل من أسفل التراب.. ومن السماء حدق فيه قمر تلك الليلة بدهشة غير مصدق أنه فعلها وبعد خمس ليالٍ كاملة.. ها هو يستند بيديه على الأرض ليرفع جسده.. ها هو يزيح أكوام التراب من على رأسه وجسده.

وها هو أخيرًا يرقد جوار حفرة كانت تحمل اسم قبره منذ لحظات معدودة.

إنه قد لا يكون حيًّا تمامًا.. لكنه خرج!

على الأرض الطينية ظلَّ هناك للحظات، لم يلهث فيها، ولم يخفق فيها قلبه طربًا، وقد نسي ظمأه الذي عانى منه طويلًا، ثم وفي اللحظة التالية استرده كاملًا، ليهب واقفًا وليبحث بعينيه في ظلام لم يحد من رؤيته عمَّا يرتوي به.

أين هو الآن؟ لا يهم.. هل رآه أحدهم وهو يخرج من قبره؟ لا يهم.. هل سيشعر به الشبح ليعيده إلى قبره؟ لا يهم.. المهم أن يعثر على شيء ما سائل.

وعلى ساقين نسيتا الوقوف لأيام لا يعرف عددها تحديدًا، بدأ يتحرك بحثًا عن ضالته كمومياء لم تتحرر من أربطتها بعد، ليجد الظلام والخواء في انتظاره من كل جهة.. لا توجد برك ولا أنهار ولا أمطار ولا حتى نباتات تصلح ليمتص رحيقها.. لا توجد بحار ولا محيطات ولا قطرات ندى ليلعقها، ولا توجد أ...

ـ مستحيل!

يوجد رجل مسن!

من قلب الظلام خرج له ليحدق فيه ذاهلًا، وقد فاحت رائحة الخمر الرخيصة من فمه ومن تلك الزجاجة الخاوية في يده، فلم يتردد هو لحظة واحدة، ولم يعرف لحظتها حتى ما الذي يفعله ولا لماذا.. بسرعة لا تمت للبشر بصلة، بلغ العجوز لينقض

عليه وليغرس أنيابه في عنقه ليمتص دماء الحياة من جسده، فلم يجد العجوز الفرصة ليصرخ أو حتى ليشهق ألمًا.

فقط فغر فاه على اتساعه، ومن عينيه امتزج الذهول بالرعب بالألم، تاركًا دماءه تنساب من عنقه إلى فم من خرج من القبر ليحصل عليها.. أمَّا هو...

هو شعر حينها بارتواء لم تكن مياه الدنيا كلها لتمنحه له، ولو حصل عليها جميعًا وفي لحظة واحدة.

السائل الحار اللزج الصدئ الذي ملأ فمه وانتفضت له خلاياه مرحبة، كان ما يحتاج إليه، ومن جسد العجوز حصل على آخر قطرة منه.. وفي النهاية سكن جسد العجوز بين ذراعيه، ومن يده سقطت زجاجة الخمر الفارغة لتتهشم، ولتعيده إلى أرض الواقع حيث كانت الحقيقة المريرة في انتظاره.

لقد.. لقد امتص دماء العجوز!

تمامًا كما فعل الشبح في جثث رفاقه!

هو الآن يعرف لماذا استيقظ في قبره!

هو الآن يعرف لماذا تركه الشبح دون أن يجهز عليه!

وهو الآن يعرف لماذا دسَّ الورقة في فمه!

لقد أراده أن يشعر بالظمأ.. أراده أن يعاني مما يعاني الشبح منه وكل ليلة وقبل أن يحصل على ما يحتاجه.. الشبح قالها قبل أن يجعله مثله:

ـ أنا لست الأول.. ولن أكون الأخير.

وهو الآن فهم الرسالة كاملة.

ليلتها، وبعد أن ترك جثة العجوز الخاوية من الدماء تسقط في القبر الذي كان من نصيبه هو، وجد الورقة التي كانت في انتظاره تتصاعد منها رائحة الشبح، تعلن له أنها رسالته الأخيرة له.. التقطها وفضَّها ليقرأ فيها: «أنت الآن مثلي!».

فلم يحتج هو لأكثر من هذا ليفهم.. هذا هو عقاب الشبح إذن على ما اقترفه.. أن يشعر بالظمأ كل ليلة وحتى يحصل على دماء ضحية جديدة ترويه وتمنحه بقاء لا يستحقه.

هو لم يمت و«لن» يموت، فالموت لم يعد خيارًا مطروحًا.. كل ما يملكه الآن هو عذاب سيمتد به ولعشرات السنوات ـ أم هي مئات السنوات؟ ـ وهو الذي اختار هذه النهاية لنفسه.. ألم يكن هو من طلب من البئر في طفولته أن يظل حيًّا وإلى الأبد؟

لقد استجابت البئر لأمنيته، لكنه لم يكن يعرف.

لقد استجابت البئر لأمنيته، وهو الآن يملك الدهر كله ليندم على هذه الأمنية!

* * *

سكوووووووويييك..   سكوووووووووييك.. سكووووووووووييييك...

لكنه الليلة سيموت، فهذه البدينة أقوى من بئر الأمنيات كما هو واضح.. ها هي تستمتع بليلتها كما وعدته، وها هي تطالبه بصوتها الرقيق:

٨٨

ـ تذكر يا عزيزي تذكر.

فيواصل هو زحفه هاربًا في الممرات ويتذكر.. على لحن نهايته الذي انبعث من السماعات في الممرات ورددته الجدران، تذكر كيف بدأ حياته الجديدة كمصاص للدماء، وكيف ودَّع الشمس دون أن يأسف طويلًا عليها، فعلاقتهما لم تكن بأفضل حال وقبل أن يجعله الشبح مثله.

تذكر كيف توارى في ذلك المنزل المهجور حين أشرقت يومها، وتذكر كيف بدأ رحلة عودته إلى منزله حين غربت ليجدها رحلة طويلة شاقة استتر فيها بالظلام، وارتوى خلالها بدماء كل من ألقاهم سوء حظهم في طريقه.

تذكر غضبه وظمأه وعجزه وحيرته.. ثم تذكر الليلة التي بلغ فيها حقله في النهاية، ليقف هناك تعتصره قبضة الحنين دون أن يخفق به قلبه ودون أن تتسارع من اللهفة أنفاسه.

هو ـ أخيرًا ـ عاد.

سكوووووووييك..   سكووووووووييك.. سكوووووووووويييك...

الممر أمامه انتهى بأربعة ممرات أكثر ضيقًا، فاختار الممر الثاني، وفي نهايته اختار الثالث من ثلاثة و...

وها هو حقله وها هي أزهاره وأمامه كان منزله يأوي بين جدرانه زوجته التي اشتاق إليها طويلًا، وقد أصبح الآن قادرًا على تذكر ملامحها وبدقة افتقدها طويلًا.. إنها الليلة التي حلم بها طويلًا،

وإنها النهاية التي لم يكن يتخيل أنه قادر على بلوغها.. كل ما عليه الآن هو أن يدخل منزله.. يلقي بنفسه بين ذراعي زوجته.. يبكي كالأطفال وهو يحكي لها كل ما رآه وكل ما حدث له، ثم وبعدها سيظل جوارها وإلى الأبد، ولن يخرج من هناك ومهما كان السبب. لكنه لم يفعلها.

أمام منزله وقف متخاذلًا مترددًا شاعرًا بأنه لم يعد من حقه العودة، فكيف له أن يعود لمنازل الأحياء وهو نصف ميت؟ أي حياة تلك التي سيحياها مع زوجته؟ وما الذي قد يحدث لها لو أصابه الظمأ وهي معه؟

لا.. هذا المنزل لم يعد منزله، وهذا الحقل لم يعد حقله، وتلك المرأة الغافية في الداخل والتي تحلم بيوم عودته لم تعد زوجته.

لقد عاد.. لكن الآن عليه أن يرحل.

سكووووووويييك..   سكوووووووويييك.. سكووووووووووويييك...

ـ تذكر يا عزيزي تذكر.

وهو حاول ألا يتذكر، وأن يواصل بحثه عن الممر الصحيح الذي سيقوده للخروج من هنا لو كان هناك واحد حقًّا.. وقت الشروق اقترب والممرات أمامه متماثلة لا يستطيع التمييز بينها، وهو لم يعد قادرًا على احتمال ملمس الأرض الفضية من أسفل يديه.. يجب أن يسرع.. يجب.

لكنه تذكر.

تذكر كيف اقترب من نافذة غرفة نومه ليلتها ليلقي بنظرة وداع على من كانت زوجته، وتذكر كيف وجدها هناك على فراشه كما تركها آخر مرة وقبل أن ينطلق إلى حرب لا ذنب له فيها، هلك فيها كل من أسماهم رفاقه.. كانت تبدو كملاك بمنامتها وبملامحها الرقيقة التي حاول رسمها في مخيلته في كل ليلة من ليالي الحرب.. كان جفناها يرتجفان مع أحلام تمنى أن يكون هو فيها، وكانت شفتاها تبتسمان وكأنما شعرت بوجوده قربها.

وكان أخوه نائمًا جوارها!

سكوووووووووييبك..   سكوووووووووييبك.. سكووووووووووييبك...

ـ تذكر يا عزيزي تذكر.

لكنه لم يكن يريد التذكر.. وفي ذلك الممر الذي انحشر فيه جسده تمنى لو أصابه سهم خشبي لينهي حياته وليجبره على ألا يفعل، لكنه وجد نفسه يستعيد ذات اللحظة التي حدق فيها في أخيه ذاهلًا رافضًا، يقاوم تلك الصرخة التي احتشدت في حلقه طالبة منه الانفجار.

أخوه وزوجته! أخوه وزوجته!

ألهذا انطلق إلى الحرب؟

ليتركها له؟

لأخيه؟

أهو واحد من الأعداء الذين كان عليه قتلهم قبل أن يدنسوا أرضه ويغتصبوا زوجته ويمزقوا الأزهار في حديقته؟

هو لا يذكر كم من الوقت مرَّ عليه ليلتها، وهو يقف هناك أمام نافذة غرفة نومه، يحدق فيمن كانت زوجته مع من كان أخاه، لكنه يذكر أن أخاه شعر به فاستيقظ.. انتفض مستيقظًا ـ لو شئنا الدقة ـ وكأنما لفحه إعصار الغضب والكراهية الذي اندلع من وراء النافذة، ليلتفت إليه وليراه، فلم يتبد في عينيه الندم أو الفرحة.

من كان أخاه حدق فيه للحظة بذهول، استحال في اللحظة التالية إلى هلع ليلتقط غدارته من على الطاولة جواره، وليطلقها عليه، فتذكر هو رائحة البارود التي ملأت منزله، وتذكر الثقب الذي ملأ صدره في موضع قلبه الذي لم يعد ينبض، وإن تحطم بعد أن هوت عليه قبضة الخيانة.

ثم تذكر كيف هرب ليلتها دون أن يقتلهما.

هرب لأنه لم يكن ليستطيع قتلهما.. هرب لأنه لم يطق أن تراه زوجته التي استيقظت صارخة وهو على هذه الحال.. هرب لأنه قرر أنه لم ير ما رآه، ولأنه قرر أن يقضي الدهر كله محاولًا نسيان ما لم يستطع أبدًا نسيانه.

هرب حتى بلغ ذات البئر التي سقط فيها في طفولته، وفي ظلام أعماقها توارى من الشمس ومن الألم ومن ذلك الشعور بالقهر.

لقد عاد لكن.. لقد كان من الأفضل له لو لم يعد أبدًا.

سكوووووووييك..   سكوووووووييك..
سكووووووووووييك...

ـ تذكر يا عزيزي.. تذكر.

فصرخ هو فيها بكل الألم الذي اندلع من جسده ومن ذكرياته:

ـ اخرررررسسسسسسسسسي!

لتجيبه بضحكة ساخرة عابثة لم تزده إلا كراهية لها.. يجب
أن يسرع.. يجب.

يجب أن يخرج من هنا ليقتلها.

ثم وبعدها قرر أن ينتقم.. في الليلة التالية وبعد أن خرج من
البئر قرر أن على أحدهم أن يدفع الثمن، وأن أحدهم هذا هو
الشبح ذاته.. إنه السبب في كل ما أصابه، وإنه الآن هدفه الوحيد
الذي تبقى له في حياته الجديدة، لو صحَّ أن نسميها حياة.

سيعثر على الشبح.. وسيقتله.

من مدينته خرج بحثًا عنه، وإلى أرضه انطلق مختبئًا في قبو
إحدى السفن حتى بلغها فلم يجده هناك.. الحرب التي لم يعرف
أبدًا لماذا بدأت وانتهت، ومعسكر الأعداء لم يعد حيث تركه آخر
مرة، والشبح لم يعد في مخبئه أسفل الأرض بجسده المحترق
ولا بقامته القادرة على بلوغ السماء من فوقها.

هو بحث عنه طويلًا.. في أرض المعارك وفي أعماقها، وفي
المدن القريبة والبعيدة، وفي ظلام كل ليلة، وفي قصص كل من

سمعوا به ونجوا بمعجزة من المعجزات التي لا تتكرر كثيرًا.. لكنه لم يعثر عليه أبدًا.

الشبح اختفى.

اختفى وكل ما تركه له هو تلك الورقة التي دسَّها في حلقه قبل أن يدفنه، والتي ظلت تحمل رائحته فاحتفظ هو بها لتذكره به وليستمد منها الطاقة اللازمة ليواصل بحثه عنه.. ولعشرات السنوات ـ أم هي مئات السنوات؟ ـ جاب الأراضي والمدن والحضارات دون أن يعثر عليه أبدًا.

لكنه تعلم أن ينسى.. السنوات علمته النسيان، والنسيان منحه بعض الراحة، وتلك الراحة لم تمنحه لحظة واحدة من النوم، فهو كان قد نسي النوم كما تعلم أن ينسى الشمس وزوجته وأخاه الذي خانه.. الاثنان ماتا ـ حتمًا ـ لكنه ظلَّ هنا يحمل مخزونًا لا يصدق من الذكريات وظمأ يؤرقه في كل نهار ليرويه بالدماء في كل ليلة.

وكل هذا سينتهي الليلة.. فالليلة ستنتصر عليه البدينة التي لا يزال حتى الآن عاجزًا عن تذكرها، فهي ـ وعلى حد قولها ـ لم تكن كذلك دومًا، بل كان هناك يوم من الأيام كانت فيه جميلة!

سكووووووووييك..   سكووووووووووووييك.. سكوووووووووووووووييك...

وحين بلغ نهاية ذلك الممر الذي اختاره ليجده طريقًا

مسدودًا، توقف أخيرًا عن محاولته، وقد وجد أنه من العبث أن يواصل بحثه عن مخرج أصبح واثقًا من أنه لا وجود له.. لقد انتهت رحلته عند هذا الحد، وهو لم يعد قادرًا على المواصلة أكثر من هذا.

هو توقف أخيرًا معلنًا استسلامه، ومن السماعات توقف اللحن العذب احترامًا لقراره، لكن البدينة لم تتوقف.. بصوتها الذي لا يطاق أعلنت:

ـ هذا ما توقعته.. أن تستسلم في النهاية.

فلم يكلف هو نفسه عناء الرد عليها.

ـ لكنك لم تتذكر يا عزيزي.. هكذا ستموت دون أن تعرف ما الذي اقترفته ودون أن تفهم لماذا!

فابتسم هو رغمًا عنه وقد شعر باستسلام عجيب يغمره ويمنحه بعض السكينة التي سيحتاج إليها.. نعم هو لم يتذكر ولم يفهم لكن...

لكنه لم يعد يبالي.

سكووووووووييييك..   سكوووووووووييييك..
سكوووووووووووييييك...

ـ لا بأس.. كل ما كنت أريده منك هو اعتذار أستحقه، لكن لا بأس.. سأعتبر احتراقك اعتذارًا كافيًا.

اعتذار؟

هي تريد منه اعتذارًا؟

ـ أتعرف؟ لسنوات طويلة فكرت فيما فعلته بي وفي سببه..
وفي إحدى الليالي توصلت للتفسير الوحيد المنطقي..
أنت جبان يا عزيزي.. مجرد رجل وحيد بائس.. وجبان!
جبان؟!

تلك البدينة تصفه بأنه جبان؟!

هو الذي خاض الحروب ورأى فيها الموت حتى أصبح جزءًا
منه، تصفه بأنه جبان؟!

هو الذي واجه الشبح وكاد أن يقتله، تصفه بأنه جبان؟!

هو الذي جاب الأراضي والأزمنة والحضارات تصفه بأنه
جبان؟!

ـ ها أنت الآن ستموت في متاهتي وفيها ستبقى، فلن أقوى
على إخراج بقاياك منها.. ستصبح متاهتي الفضية قبرك،
وفوقك سأقضي ما تبقى لي من عمر، وسأستمتع بكل لحظة
فيه.. فأنا الليلة سأخلص العالم من رجل جبان لم يكن
يستحق البقاء أكثر من هذا!

هنا رفع هو رأسه وصاح بغضب لا تستطيع إلا امرأة أن
تصيب به رجلًا:

ـ بل أنا الذي سأخلص العالم منك!

ثم ضم أصابعه المحترقة في قبضة سددها بكل الغضب
المندلع في أعماقه إلى الجدار الفضي من ورائه، فرددت جدران
المتاهة صدى ضربته منتفضة.

سكوووووووووووييك.. سكوووووووووووييك..
سكوووووووووووييك...

ـ ما... ما الذي تفعله؟

سألته البدينة بصوت وجد الخوف طريقه إليه ولأول مرة في هذه الليلة، فلم يجبها.. على الجدار الفضي تهشمت أصابعه وازدادت احتراقًا لكنه لم يتوقف.. جذبها إليه ثم وبكل الغضب سددها إلى ذات النقطة في الجدار فانتفضت المتاهة رهبة هذه المرة.

هو لن يبقى هنا أسفل تلك البدينة شاهدًا على انتصارها عليه!

ثم ضرب الجدار مرة أخرى ضربة تهشمت لها عظام ذراعه لكنها لم توقفه.

هو لن يسمح لها بالانتصار عليه!

ضربة أخرى ليستسلم الجدار ولتبدأ الشروخ في غزوه.. صغيرة غير ملحوظة في البداية لكنها بدأت.

هو لن يتذكر ولا يريد التذكر ولا يهمه ما فعله فيها، فمهما كان ما فعله فهو لن يقارن بما سيفعله بها وحين يخرج من هنا! ضربة أخرى وتزداد الشروخ عمقًا واتساعًا.

سكوووووووووييك.. سكوووووووووييك..
سكوووووووووييك...

هو سيخرج من هنا وقبل أن تشرق الشمس.. تمامًا كما خرج

من البئر في طفولته، وكما خرج من المعركة حيًّا، وكما خرج من مخبأ الشبح وبعد أن أشعل النار فيه.

ضربة أخرى ويستسلم الجدار أخيرًا لتتبدى الأرض الطينية من ورائه لتذكره بقبره.

وهو خرج من قبره سابقًا وسيفعلها مرة أخرى.

ـ توقف.. هذا ليس عدلًا.. توقف!

بها صرخت البدينة وبصوت لم يعد للرقة أثر فيه، لكنه لم يتوقف.

سكوووووووووووييك..   سكوووووووووووييك.. سكوووووووووووييك...

ضربة أخرى وتهشم الجدار كله لتنهمر الأتربة والطين عليه، وليجد نفسه أخيرًا أمام المخرج الصحيح من المتاهة والذي قضى ليلته كاملة يبحث عنه.

سكوووووووووووييك..   سكوووووووووووييك.. سكوووووووووووييك...

ـ توقف! توقف! توقف!

فتوقف هو في النهاية دون أن يلهث ودون أن يبالي بذراعه التي فقدت معالمها.. وإلى السماعات من فوقه رفع رأسه ليعلن:

ـ سأعود.

ثم ودون أن يضيف حرفًا واحدًا بدأ زحفه خارجًا، فلم يعرف

ليلتها إن كان الصراخ الذي تعالى من السماعات من ورائه هو صراخ المرأة أم أنين مقعدها المتحرك.. لكن لا بأس.

هو سيخرج الآن وقبل أن تشرق الشمس التي انتظرته ما فيه الكفاية، ولآخر مرة احتاج منها أن تنتظره.

وهو في الليلة القادمة.. سيعود.

هي

هي كانت تزن ٥٣ كيلوجرامًا وكانت جميلة حقًا.. وفي ليلة الرابع عشر من يناير عثرت على حبيبها.

حفرت تلك الليلة تفاصيلها وبدقة متناهية على جدار ذكرياتها، وفي الليالي الطويلة التي قضتها وحيدة بعد أن «حدث ما حدث»، كانت تسلي نفسها بتحسس هذا الجدار واستعادة ملامح من أسمته حبيبها، فكانت تأوي إلى فراشها في النهاية بوجه بللته دموع الحنين وقلب اعتصرته قسوة الفراق.

هي لم تكن تبحث عن الحب أصلًا، بل كانت تحاول تجاهله على أمل أن يبادلها هذا التجاهل، فلو كانت القصص الرومانسية قد علمتها شيئًا، فهو أن كل قصص الحب الخالدة تنتهي بمأساة تمنحها خلودها، وبدون هذه المأساة تستحيل قصة الحب العظيمة إلى قصة أطفال ساذجة لا تستحق أن تروى أو أن يرددها المحبون.. وهي كانت في غنى عن قصص

الأطفال، كما كانت تخشى المأساة التي ستنتهي بها قصتها لو كانت عظيمة.

وهي لم تكن قد قرأت ما فيه الكفاية لتتعلم أننا لا نبحث عن الحب فنجده، بل هو من يعثر علينا ليأسرنا في شباكه.

حقيقة اكتشفتها رغمًا عنها، ففي ليلة الرابع عشر من يناير عشر الحب عليها وعثرت هي على حبيبها.

هي كانت قد وضعت مواصفات قياسية مستحيلة له كنوع من أنواع اجتنابه، وفي مخيلتها منحته قدرات أسطورية لا يقدر عليها البشر كي تخرجه من دائرة المنافسة، وفي أعماقها قررت أنها لن ترضى عمَّن صنعته بأحلامها بديلًا.

حبيبها يجب أن يكون وسيمًا فهي كانت جميلة.. حبيبها يجب أن يكون ثريًّا فهي كانت ثرية.. حبيبها يجب أن يكون مخلصًا فهي لن تحب سواه.. حبيبها يجب أن يكون ذكيًّا، قويًّا، عطوفًا، حنونًا، رقيقًا، ناضجًا، واسع الخيال والحيلة، مرحًا، قادرًا على رسم الابتسامة على شفتيها وعلى العبث بقلبها بأصابعه لو أراد، فهي لم تجهد نفسها طوال هذه السنوات لترسمه رجلًا عاديًّا، ممن تمتلئ بهم البشرية وتفيض.

لا .. حبيبها يجب أن يكون خارقًا، إلى آلهة الأوليمب أقرب، وإلا فهو لا يستحق لقب حبيبها!

هكذا نجت من الحب لسنوات طويلة قضتها في مأمن، منحه لها استحالة العثور على من كانت تريده، إلى أن أتت ليلة الرابع

عشر من يناير لتكتشف فيها أنه لا يوجد مستحيل، وأن فارس أحلامها الخارق موجود حقًّا، وهو أيضًا قضى السنوات الماضية يبحث عنها إلى أن عثر عليها أخيرًا.

في تلك الليلة كانت في الأوبرا تمارس النشاط الذي يمارسه الأثرياء لمجرد أنهم أثرياء.. هي لم تكن من عشاق الموسيقى ولا الأوبرا، لكن تقاليد عائلتها كانت مقدسة لا تقبل الجدل.. ليلة الرابع عشر من كل شهر هي ليلة الأوبرا، والعذر الوحيد المقبول لعدم إتمام هذا الطقس هو أن يموت أحدهم ـ شريطة أن يكون قريبًا من الدرجة الأولى أو الثانية أو صديقًا عزيزًا لا يصح عدم حضور عزائه ـ وبدون هذا العذر يكون على الجميع ارتداء أبهى ملابسهم، والجلوس هناك على مقاعد غير مريحة استعدادًا لساعات من العذاب الأرستقراطي المجيد.

لو كنت شخصًا عاديًا، فالإصغاء إلى الموسيقى لا يتطلب إلا أي مشغل أغانٍ على أي جهاز ـ وهذه الأيام كل الأجهزة صالحة لتشغيل الموسيقى وحتى الميكروويف! ـ لكن لو كنت ثريًّا، فعقابك هو أن تصغي إليها في ظلام الأوبرا.. وهي كانت ثرية وفي ليلة الرابع عشر من يناير لم يتطوع أحد أقاربهم بالوفاة، لذا وجدت نفسها ترتدي أغلالًا حريرية وتجلس بها وسط عائلتها تتمنى لو أصابتها صاعقة من السماء لتنتهي هذه الليلة قبل أن تبدأ.. لو أصابتها صاعقة وماتت سيكون هذا عذرًا كافيًا للتخلي عن الأوبرا، فهي قريبة ومن الدرجة الأولى!

لكن ولأن الصواعق لا تنبت في سماء الأوبرا بالتمني، وجدت نفسها في تلك الليلة تصغي ساعات طويلة لسلسلة من المقطوعات الموسيقية التي يتخللها الصراخ والعويل، ويقدمها مجموعة من المختلين عقليًا الذين لولا وجود الأثرياء في حياتهم لما وجدوا قوت يومهم ولانقرضوا جوعًا.. مرَّت الساعات عليها بطيئة مريرة فاستغلتها في الشرود على أن تلهب كفيها تصفيقًا كلما صفق من حولها احتفالًا بانتهاء واحدة من هذه المقطوعات، إلى أن أظلم مسرح الأوبرا أخيرًا فهبت واقفة في لهفة من يطلب الهروب، لتفاجأ بدائرة ضوء تخترق ظلام المسرح وبذلك الرجل يجلس هناك وحيدًا أمام بيانو عتيق لم يزده إلا أناقة وعظمة.

هذا الرجل سيحمل وبعد لحظات معدودة لقب «حبيبها».. والآن سنشرح لماذا.

الرجل كان وسيمًا.. بالغ الوسامة وبلا أدنى ذرة من المبالغة، بل إنه وبمجرد ظهوره على المسرح تصاعدت بعض شهقات الانبهار من صفوف الحاضرين، وكلها كانت شهقات نسائية مبررة.. الرجل كان ثريًا، وحلته الفاخرة أعلنت هذه الحقيقة وبوضوح لا تلوثه ذرة من الشك، ومن حوله كانت تشع تلك الهالة التي لا يشعر بها إلا الأثرياء فيمن هم مثلهم.. الرجل كان مخلصًا ـ لعمله على الأقل ـ فجلسته ونظراته وخلجاته كانت منصبة على البيانو الراقد أمامه، وبه انشغل عن العالم الخارجي،

وكأنه حبيبته وقد أتى ليحتفل معها، دون أن يسمح لأي صوت أو حركة بأن يشغلاه عنها.

الرجل كان ذكيًّا، قويًّا، عطوفًا، حنونًا، رقيقًا، ناضجًا، واسع الخيال والحيلة، وهذا ما قررته هي وبمجرد أن سقطت عيناها عليه!

هي تسمرت واقفة مكانها في تلك الليلة وبمجرد ظهوره، لكنه لم يشعر بها ولم يلتفت إليها، فوجدت في تجاهله هذا جاذبية لا تقاوم.. ثم وحين لامست أصابعه البيانو ليبدأ في عزف لحنه، تصاعدت شهقات الانبهار من الحضور هذه المرة، تحمل أصوات النساء والرجال على حد سواء، فما تصاعد من حولهم لم يكن مجرد لحن، بل كان السعادة ذاتها وقد أتى ذلك الرجل ليوزعها عليهم دون حساب.

بأنامله التي ستعبث بقلبها طويلًا بعد ذلك، ضرب الرجل مفاتيح البيانو، فلم تخرج منه الموسيقى فحسب، بل انسابت روحه عبر أنامله وإلى البيانو قبل أن تحلق فوقهم لتغمرهم بمزيج من الانتشاء والأمان والبهجة، فلم تعرف هي ليلتها كيف عادت إلى مقعدها ولا كيف حلقت روحها خارجة من جسدها لتشاركه رقصته في سماء الأوبرا.

لم يعد هناك مسرح.. لم يعد هناك جمهور.. لم يعد هناك سواهما وذلك اللحن الذي ولد خصيصًا من أجلهما.. ثم وحين انتهى حبيبها في النهاية من مغازلة مفاتيح البيانو ليسترد روحه،

ولتلتهب أيادي الحاضرين تصفيقًا، رفع هو عينيه إليها مباشرة ليختلج قلبها في صدرها ولتلهب دماء الخجل الحارة وجنتيها.

كيف رآها حبيبها في قلب الظلام ووسط مئات الحاضرين ليلتها؟ لا يهم.. المهم أن روحها وحين عادت إلى جسدها كانت تحمل قطعة من روحه، وروحه حين انسابت من البيانو عائدة إلى جسده، أصبحت تحوي قطعة من روحها.

المهم أنها أيقنت أنها أصبحت له.. وأنه سيكون لها.

هي وإلى يومنا هذا لا تزال تذكر كيف أظلم المسرح بعدها ليأخذها ظلامه منه، تذكر كيف شعرت بالقلق واللوعة وقد افتقدته في اللحظة التي امتلكته فيها، وتذكر كيف أسرعت خارجة من المكان لتبحث عنه وسط المئات الذين خرجوا يترنحون طربًا.. لحظتها ودت لو صرخت فيهم: «أفسحوا الطريق أيها الحمقى.. إن حبيبي ينتظرني في الخارج!».

لكنها لم تفعلها، ولم تعرف إن كانت ستجده ينتظرها حقًّا أم لا.. ربما هو لم يرها فعلًا وسط الحاضرين.. ربما هي توهمت رؤية تلك النظرة في عينيه والتي قرأت فيها: «سأنتظرك».

ربما كانت هذه هي المرة الأولى والأخيرة التي ستراه فيها

و... و...

وفي الخارج وجدته يقف ينتظرها، مسددًا عينيه الحالمتين إليها مباشرة يأمرها بأن تذهب إليه، فأطاعته هي دون لحظة تردد واحدة.. إن حبيبها يريدها فمن الذي سيقدر على منعها منه؟

أمامه وقفت باللهفة في عينيها، وبقلب لم يتوقف عن الارتجاف في صدرها، فاحتواها حبيبها بنظراته ثم احتوى يدها بأنامله دون مقدمات، ليجذبها بعيدًا عن الجميع، فتبعته باستسلام لم تشعر به من قبل.. تركته يأخذها بعيدًا عن والديها وعن رواد الأوبرا وعن العالم كله، إلى أن بلغا ذلك الركن الخاوي لينفرد بها وليخرج صوته إليها ولأول مرة قويًّا حاسمًا حنونًا، كما تمنته أن يكون.

وهي لا تذكر ما قاله ولا كيف وجدت في حلقها صوتًا لتجيبه، لكنها تذكر أن ساعات طويلة مرت عليهما وهما يتحدثان وبلا توقف.. تذكر أنها ابتسمت وضحكت وخجلت وأصغت، وتذكر أنها تركته على وعد بلقاء جديد لن يتأخر كثيرًا، فمن الذي سيقدر على إبعادها عنه طويلًا؟

هكذا وفي ليلة الرابع عشر من يناير عثرت هي على حبيبها، وهكذا بدأت قصة حبها معه.. وفي تلك الليلة وقبل أن تأوي إلى فراشها تمنت لو كانت قصة حبها هذه ساذجة طفولية ذات نهاية سعيدة، دون مأساة تخلدها وسط قصص الحب العظيمة.

لكن الحياة ـ وللأسف ـ ليست سعيدة بهيجة كقصص الأطفال، رغم أن الأطفال يعيشون فيها!

* * *

سكووووووووويييك..   سكووووووووووويييك.. سكوووووووووويييك...

وهي الآن تزن ٥٣٣ كيلوجرامًا، وكل حركة تتحركها كانت تتطلب مجهودًا لا يطاق ولا يحتمل، ولو لم تكن حركتها هذه لضرورة قصوى، فهي حركة من الأفضل لها أن تستغني عنها، فلا هي ولا مقعدها المتحرك سيحتملان رفاهية الحركة بلا حساب.

لكنها كانت تعرف أن هبوطها إلى متاهتها الفضية الآن هو ضرورة قصوى لا تقبل التأجيل، فأسيرها هرب منها ودون أن يواصل لعبتها ليهلك فيها كما خططت هي ولسنوات طويلة.

سكووووووووييك..   سكوووووووووييك.. سكووووووووووووييك...

هذا ليس عدلًا.. لقد كانت لديها خطة!

أسيرها كان ينبغي عليه أن يقضي الليلة كاملة يبحث عن مخرج لا وجود له، لتحرقه الشمس في النهاية، فهذا ما أرادته هي له، وهذا ما كان يستحقه، لكنه خرج!

بالكاميرات التي زرعتها في متاهتها رأته يشق طريقًا خارجًا عبر الجدار الفضي وعبر الأرض الطينية، لكنه وقبل أن يفعل رأته يخط رسالة بدمه على الجدار.. رسالة كتبها خصيصًا لها.

وهي يجب أن تقرأ هذه الرسالة.

سكووووووووييك..   سكووووووووووييك.. سكوووووووووووييك...

للمتاهة عدة مداخل سرية، وهي الوحيدة التي تعرف طريقها،

فهي كانت تهبط إليها في كل ليلة لتأخذ في تنظيفها بدأب لا حد له استعدادًا لهذه الليلة، وحتى بعد أن فقدت قدرتها على الحركة بدون مقعدها المتحرك، لم تتوقف عن نشاطها الليلي هذا، وكانت تردد في أعماقها أنها تفعله من أجله.. من أجل حبيبها.

لذا وحين وجدت نفسها مضطرة للهبوط إلى حيث ظنت أنها لن تضطر للعودة مجددًا، وجدت نفسها تنتفض غضبًا ولهفة.. هو هرب.. أسيرها الذي كان يستحق الموت هرب، وها هي الآن تجاهد للهبوط لتقرأ رسالته الأخيرة لها، بدلًا من أن تستمتع برؤية بقاياه كما خططت، وهذا ـ وببساطة ـ ليس عدلًا!

إلى ذلك الركن في ردهة منزلها زحفت بمقعدها المتحرك، وبضغطة على أحد الأزرار الخفية في الجدار تركت الأرض تهبط بها ببطء إلى متاهتها الفضية، لتبدأ في شق طريقها هناك وإلى النقطة التي انتهى إليها أسيرها الهارب.

سكوووووووييييك..   سكووووووووووييييك..
سكوووووووووووييييك...

أمامها تراصت الممرات متماثلة لامعة تغري بالتجربة فضَّل الطريق، لكنها كانت تعرف كيف تجوب متاهتها من بدايتها وحتى نهايتها بيسر، فهي من صممتها، وهي قضت فيها وقتًا أكثر مما قضته في منزلها الذي تركته فريسة للفوضى.. ستأخذ الممر الأيمن.. ثم الأيسر.. ثم ثالث ممر إلى اليمين.. ثم الثاني إلى اليسار.. ثم...

ها هي تبلغ المرحلة الثانية من المتاهة لاهثة، وها هي الممرات تزداد ضيقًا على نحو يكاد مقعدها المتحرك أن ينحشر معه، لكنها لم تتوقف.. يجب أن تقرأ رسالته، بل وربما عثرت عليه ذاته، وحينها ستقتله ولو مزقته بأسنانها.

سكووووووووييك..   سكووووووووويييك.. سكوووووووووويييك...

الممر الثاني إلى اليسار.. ثم الممر في المنتصف.. الممرات تزداد ضيقًا.. الممر الرابع ثم الأول ثم الثاني و... و...

وها هي الآن وقد بلغت نهاية الممر المسدود الذي لم يعد كذلك بعد أن هشم أسيرها جداره.. إنه لم يعد هنا.

التجويف الذي تركه في الأرض الطينية عميق يعلن وبأسف أنه ابتعد وإلى الحد الكافي، وكل ما خلفه وراءه هو تلك الرسالة التي كتبها بدمائه على جدارها الفضي الذي أرهقت نفسها طويلًا بتنظيفه.

رسالة مختصرة تقول: «استمتعي بوقتك الليلة.. فليلة الغد ستكون ليلتك الأخيرة!».

هي قرأت هذه الرسالة عدة مرات ليلتها.

وفي كل مرة انتفض جسدها البدين هلعًا.

* * *

هي كانت تزن ٥١ كيلوجرامًا وكانت سعيدة.

كان حبيبها يخبرها في كل مرة يراها فيها أنها أنحف من

اللازم، وكان يطالبها بأن تأكل ولو قليلًا، فكانت تعده بزيادة وزنها عالمة أنها تكذب.. هي قررت أن تبقى نحيفة جميلة، ولو تطلب الأمر ألا تذوق الطعام أبدًا فستفعلها من أجله.. ستتغذى على ألحانه وعلى كلمات حبه التي كان يمنحها دومًا وكأن مخزونه منها لا ينضب.

حبيبها كان يعمل في الأوبرا استمتاعًا لا اضطرارًا، ومن أجله أصبحت هي من روادها وفي كل الأيام التي كان يقدم عروضه فيها.. لم تعد ليلة الرابع عشر من كل شهر ليلة الأوبرا الوحيدة، بل أصبحت أغلب لياليها هناك، فكان والدها يستغرب حماسها المفاجئ للموسيقى الراقية قبل أن يقرر أنها ـ ربما ـ نضجت أخيرًا، وأصبحت تتذوق فنون الأثرياء مثله.. وحدها أمها من أدركت الحقيقة، فكانت تبتسم في كل مرة تراها فيها تتأنق ذاهبة للقاء حبيبها، وكانت تقول لها:

ـ حاولي أن تزيدي وزنك قليلًا.. النحافة لا تعني الجمال كله.

فكانت هي تعدها ـ كاذبة ـ بأنها ستحاول.

أيام طويلة مرَّت على قصة حبها هذه، ثم استحالت الأيام لأسابيع فأشهر فعامين لم تزد فيهما جرامًا واحدًا، إلى أن أتت الليلة الموعودة، ليطلب منها حبيبها أن تزوره في الأوبرا وفي ليلة خلت من الجمهور، فوافقت هي وقد أدركت على الفور سبب رغبته في الانفراد بها.. أخيرًا سيفعلها!

حبيبها سيطلب منها الزواج وستقبل هي راضية، فهذه هي

اللحظة التي انتظرتها طويلًا دون أن تعرف لانتظارها سببًا.. ستمنحه موافقتها وربما أولى قبلاتهما، ولو لم يفعلها حبيبها فستفعلها هي وستطلب منه أن يبقى معها حتى آخر لحظة في عمريهما، فهي لم تعد تطيق الابتعاد عنه ولا للحظة أكثر من هذا.

الليلة سيزيد وزنها بوزن الخاتم الذي سيزين بنصرها، والذي سيعلن للعالم كله أنها أصبحت له.. وأنه أصبح ملكها.

كل ما عليها الآن هو أن تنتظر حتى يحين ميعادهما، وهذه كانت أشد الساعات عليها بطئًا ومرارة.

هي كانت تظن أنه لا يوجد ما هو أكثر إيلامًا من الانتظار واللهفة.

وهي كانت في ظنها هذا مخطئة.

* * *

وهي الآن تزن ١٧٤ كيلوجرامًا وعليها أن تهرب.

عليها أن تحمل جسدها الذي لم يعد مقعدها المتحرك يقوى على حمله، وعليها مغادرة منزلها وبسرعة، فأسيرها سيعود الليلة وهو لم يعد أسيرًا.. إنه الآن أسوأ كابوس خاضته في ماضيها، وها هو قد عاد ليتجسد من جديد.

سكوووووووويييك..   سكوووووووويييك.. سكووووووووووويييك...

كانت الشمس قد أشرقت لتملأ ممرات متاهتها الفضية على نحو لا يحتمل، فعادت هي زاحفة بمقعدها إلى النقطة التي دخلت منها، ثم تركت المصعد الداخلي يئن ويعاني وهو يحملها

١١٢

صاعدة إلى حيث كانت الفوضى تغمر منزلها، لكنها لم تبال بها كعادتها بل تفرغت تمامًا للإجابة على سؤال بالغ الأهمية وهو: إلى أين ستهرب؟

سؤال لم تملك له إجابة فورية رغم أنها كانت في حاجة لواحدة، ورغم الجوع المفاجئ الذي سيطر على كيانها، وجدت نفسها تجلس مكانها تحاول البحث عن مهرب، وقبل أن ينتهي اليوم ليأتي الليل وأسيرها معه.. هو سيعود كما وعدها وهي لا تملك أدنى ذرة شك في أنه سيفعل.. سيعود وسيتمكن من اقتحام منزلها، فهي سمحت له بالدخول في الليلة السابقة، ولو كان ما قرأته عن مصاصي الدماء صحيحًا، فهم لا يحتاجون إلى إذن بدخول المنازل إلا مرة واحدة فقط، بعدها يعود من حقهم الدخول والخروج كما يحلو لهم.

ليتها ما سمحت له بالدخول!

لكن لا.. هذا ليس وقت اللوم وتعذيب الذات.. الآن عليها أن تتجاهل هلعها ونوبة الجوع المفاجئة التي اجتاحتها، وعليها أن تفكر في مكان تذهب إليه وبسرعة، وقبل أن تغرب الشمس، ولتبدأ في تقليب الاحتمالات ودراستها.

هل تذهب إلى أحد الفنادق؟ لن تتمكن من هذا بوزنها هذا.. لن تجد فندقًا يقبل استضافتها ولن تستطيع هي بلوغ واحد بمفردها، وهي التي تجاهد يوميًا لبلوغ دورة المياه قبل أن تجد نفسها مضطرة لاستعادة ذكريات طفولتها.

هل تذهب إلى منزل أحد أقاربها؟ المشكلة أنها بلا أقارب تقريبًا.. أغلبهم مات خلال السنوات الماضية ليمنحوها عذرًا كافيًا لعدم الذهاب إلى الأوبرا، ومن بقي منهم على قيد الحياة لم يعد يحيا في ذات المدينة، وهي لا تملك الوقت أو الطاقة اللازمين للسفر.

ماذا عن الأصدقاء؟ سؤال فكَّرت فيه للحظات قبل أن ترتسم على شفتيها ابتسامة حزينة.. أي أصدقاء هؤلاء الذين تملكهم امرأة وزنها ١٧٤ كيلوجرامًا؟

إلى أين ستهرب إذن؟

هي وجدت مشقة في العثور على إجابة لا وجود لها، مع جوعها الذي بدأ يتحول إلى غيوم داكنة، حالت بينها وبين قدرتها على التفكير، فاستسلمت له في النهاية لتنطلق إلى أقرب مصدر للحصول على الطعام منها.

سكووووووويييك..   سكووووووووويييك..
سكوووووووووووويييك...

ثم وفي سلة النفايات قربها عثرت على ما لا يزال يصلح للالتهام فلم تعفها نفسها عن استخراجه فملء وجهها به نهم لا وقت له.. بدون أن تتوقف لالتقاط أنفاسها أخذت تبتلع بقايا الطعام والنفايات ومن وجهها سالت الدموع فالتهمتها هي الأخرى.

هي الآن لم تعد جميلة، ولم تعد تستحق لقب امرأة حتى..

من الذي سيراها الآن وسيرى ما تفعله وسيقبل استضافتها في منزله؟ الغربيون يقولون إنه لا يوجد أحد يريد التحدث عن الفيل في الغرفة، فمن الذي سيرضى بدخول فيل حقيقي إلى منزله ليلتهم طعامه؟

هي الآن أصبحت تعرف أنها لا تملك مهربًا.

وهي الآن كانت تبكي خوفًا.

* * *

هي كانت تزن ٤٩ كيلوجرامًا حين أتت الليلة التي طال انتظارها، لتجد أنها لم تعد تملك ما يصلح لارتدائه.

الانتظار واللهفة زاداها نحولًا، وكل ملابسها ازدادت اتساعًا، لكنها لم تكن تملك وقتًا كافيًا لابتياع أخرى جديدة، فحبيبها كان في انتظارها وهي لن تجرؤ على التأخر عليه.

وبالفعل، وما إن حانت ساعة لقائهما حتى كانت تقف أمام الأوبرا ـ مرتدية أضيق ما عثرت عليه وسط ملابسها ـ ترتجف ترقبًا، إلى أن فتح لها حبيبها أحد المداخل إلى حيث لن يكون سواهما وحبهما وألحانه.. استقبلها بابتسامته فاستقبلته هي بقلبها على يديها، لتمنحه إياه علَّه يرضى به، فأخذه منها ليسمح لها بالدخول.

هي تذكر أن حبيبها قادها عبر الممرات، وتذكر كل ممر اجتازته حتى بلغا المسرح، حيث كان البيانو العتيق في انتظارهما تحيطه دائرة من الضوء، ويستقر أمامه مقعدان.. واحد لحبيبها..

١١٥

وواحد لها، حيث لا يجرؤ أحد سواها على الاقتراب منه وإلى هذه الدرجة.

جلسا ليبدأ هو بصوته الذي يأخذها إلى عالم بعيد سعيد:

ـ سأعزف لك لحنًا جديدًا كتبته خصيصًا من أجلك.

مجرد لحن؟ وماذا عن الـ...؟

ـ هذا اللحن هدية مني إليك.. هدية زفافنا لو.. لو قبلتِ.

قالها بكفة تأرجحت بين القلق والثقة، فحسمت هي موقفه بأن أجابت:

ـ بالطبع أقبل.

قالتها بلهفة تحولت إلى خجل احمرت له وجنتاها وشاعت له الابتسامة على وجه حبيبها، ليحتضن أناملها في كفه شاكرًا، قبل أن يفلتها برفق ليلامس مفاتيح البيانو بحذر، كأنه يرجوه أن يسانده في اللحظات القليلة القادمة.. هذا اللحن منه لها وعلى البيانو أن يصمد معه ليقدمه لها في أفضل صورة ممكنة.

مرت لحظة صمت انعزل فيها حبيبها عن العالم الخارجي من حوله، ثم وبأنامله أخذ يداعب مفاتيح البيانو، ليتصاعد منه لحن من أجمل الألحان التي أصغت هي لها في حياتها وأشدها عذوبة.

لحن ارتجف له جسدها طربًا قبل أن يتحرر من رباط الجاذبية لتشعر بنفسها تحلق في سماء الأوبرا تحملها أنغام لم يسمعها بشري قبلها.. لحن كتب خصيصًا لها، صاغه حبيبها بموهبة

لا تنكر، وقدمه لها كقطعة من روحه انسابت إلى روحها لتبقى هناك وإلى الأبد.

كم من الوقت مرَّ عليها وهي في هذه الحالة؟ لا تذكر.. لا يهم.. لا فارق.

هي ودت لو مرَّ الدهر كله عليها وهي في هذه الحالة.. تجلس قرب حبيبها وروحها تحلق من فوقهما تراقص روحه على أنغام لحنه الذي اعتصره من أعمق أعماق قلبه، ليكون هدية زواجهما.

كم من الوقت مرَّ عليها وهي في هذه الحالة؟ ربما دقائق.. ربما ساعات.. ربما أعوام!

المهم أنها وفي النهاية هوت إلى أرض الواقع، في اللحظة التي تلاشت فيها دائرة الضوء، ليسود الظلام على مسرح الأوبرا، وليتوقف حبيبها مرغمًا عن إعادة تشكيل الكون من حولهما بألحانه.

هي كانت قد أغمضت عينيها انتشاءً، لكنها وحين شعرت بالصمت والظلام يطبقان عليها، فتحتهما لتجد أنه لا فارق.. كل ما كان في انتظارها هو المزيد من الصمت والمزيد من الظلام.. نادت على حبيبها، فأجابها أن:

ـ أغغغغغغغغغغغغ.. \\\\\\\\\\\\...

فهبت واقفة من على مقعدها لتتعثر به ولتسقط أرضًا.. بألم صرخت وبقلق نادت ثانية على حبيبها فأكد لها أن:

ـ أغغغغغغغغغغغغ... هاا\\\\\\\\\\... كق...

ليفقد قلقها معالمه وليتشكل من جديد في صورة هلع..
ما الذي أصابه؟

هي نادت على حبيبها للمرة الثالثة صارخة، فلم يجبها..
الصمت القاسي أعلن سطوته على مسرح الأوبرا دون أن يسمح
لشيء بأن يشاركه فيها، إلا الظلام الذي أخذت عيناها في التكيف
عليه ببطء، لتستعيد الموجودات من حولها حدودها تدريجيًّا،
فبدأت في تمييزها واحدة تلو الأخرى.

ها هو المقعد الذي كانت تجلس عليه يرقد جوارها بعد أن
تعثرت به.. ها هو البيانو الذي كانت تنبعث منه أجمل ألحان
الدنيا وأشدها عذوبة.. ها هو المقعد الذي كان يجلس عليه
حبيبها خاوٍ يعكس المزيد من الظلام تجاهها.

وها هو حبيبها يرقد على الأرض بعينين جاحظتين وفاه مفغور
على اتساعه، وقد جثم على صدره من نحل جسده حتى أشعرها
بالبدانة، وشحب وجهه حتى حاكى شحوب القمر.

كان رجلًا وهي وجدت في تصديق هذا عسرًا مبررًا..
شيء ما فيه جعل كونه «مجرد رجل» أمرًا يصعب التسليم به
وتجاوزه للنقطة الأخرى، لكنها لم تملك وقتًا للتأمل والفلسفة..
ربما وضعه التشريحي المستحيل الذي جثم به على حبيبها..
ربما ملامحه التي حملت أسى عشرات السنوات ـ أم هي مئات
السنوات؟ ـ أو ربما تلك الرائحة الصدئة المنبعثة منه هي التي
جعلتها تشك في كونه رجلًا عاديًّا.. لا يهم.

المهم أنه كان ينشب أنيابه في عنق حبيبها ليمتص منه دماءه بنهم، انفصل به عن العالم من حوله، فلم يشعر بوجودها لحسن حظها أو لسوئه.. هي تذكر أنها رأت هذا المشهد فلم تصرخ.

كأي امرأة في موقف كهذا، كان يحق لها أن تملأ سماء الأوبرا بصراخها، لكنها لم تفعل وقد استبدت بها حاسة لم تكن تعرف بوجودها في أعماقها وقبل هذه اللحظة.. حاسة البقاء.

هي رأت المشهد أمامها فانتفض جسدها هلعًا لكن الصرخات اختنقت في حلقها.. هي رأت وجه حبيبها يرتجف ويشحب والدماء تفارقه بلا رجعة لكنها لم تهب إليه ولم تحاول إنقاذه.. هي سمعت أصوات الامتصاص والابتلاع فتلوت أحشاؤها امتعاضًا، لكنها تراجعت بحذر لتختبئ وراء البيانو العتيق وإن أطلت برأسها لاإراديًا لتتابع الهول الدائر أمامها دون أن تجرؤ على التدخل.

لم يكن الأمر سهلًا بالمناسبة، بل كان ـ وعلى الرغم من خسته ـ شاقًا مجهدًا وربما أكثر من الصراخ والهلع في حضرة من جثم على حبيبها ليرتوي بدمائه.

هي وجدت أن عليها أن تقاوم ذهولها.. أن تقاوم تلك الرجفة التي سرت في جسدها.. أن تقاوم هلعها، وأن تقاوم تلك الرغبة العارمة التي اجتاحتها بالهرب من هنا.

أمّا من كان حبيبها.. من كان حبيبها رقد هناك قربها، وقد فقدت عيناه تلك النظرة الحانية التي لم يكن ينظر لها إلا بها، وقد

تحول بمعجزة ما من ذلك الرجل الذي كان صوته يدير رأسها، إلى خرقة بالية تصدر وبصوت خافت متحشرج:

ـ أغغغغغغغغغغغغ...

ليعلن بها وللمرة الأخيرة أنه كان هنا وكان حيًّا، وكان سيتزوجها ليمنحها قصة الحب الطفولية الساذجة التي تمنتها دون أن تحصل عليها أبدًا.. كل ما حصلت عليه ليلتها مأساة ستمنح قصتها العظمة اللائقة وسنوات طويلة من العذاب في انتظارها.

وكم دامت هذه المأساة؟ ليس طويلًا لو كان هذا يشكل فارقًا.

في النهاية رفع من جثم على حبيبها رأسه، ليكشف عن أنيابه التي تلوثت بالدماء، ثم وببطء تحركت قامته صاعدة جوار جثة جافة لم تعد تصلح إلا للذكرى، ثم وبالبريق الذي شعَّ من عينيه رأت هي ملامحه فلم تنسها أبدًا!

لم تنس شعره الذي انسدل على كتفيه يحيط بوجه شحب كقمر ضل طريقه في السماء.. لم تنس أن عينيه كانتا بلا لون أو هما تتلونان بألوان الطيف جميعًا.. لم تنس خيط الدماء الذي سال من ركني شفتيه، ولم تنس الحزن الذي رأته في ملامحه.

كل هذا رأته في لحظة، ثم وفي اللحظة التالية لم يعد من قتل حبيبها هناك.. كرؤيا أفاقت منها اختفى، فلم يعد هناك سواها وما تبقى من حبيبها والظلام.

تذكر هي أنها انتظرت للحظات ـ وكأنما أرادت أن تطمئن أن من قتل حبيبها رحل حقًّا ـ قبل أن تنادي على حبيبها هامسة

باسمه فلم يجبها.. نادته باسمه وبدموعها وبلوعتها.. نادته ونادته ونادته...

ثم وجواره سقطت وقد فقدت وعيها، كما فقدت أشياء كثيرة في تلك الليلة.

* * *

وهي الآن تزن ٥٣٥ كيلوجرامًا بعد كل ما التهمته لتستعيد قدرتها على التفكير والهلع.

يجب أن تخرج من هنا وبسرعة.. هذا ما كانت تعرفه، وهذا ما أكدته لها الشمس التي أطلت عليها من نوافذ منزلها، وقد استحالت إلى ساعة تعد تنازليًا بلا توقف ولامبالاة.. بكفها مسحت بقايا الطعام عن فمها، وبمقعدها تحركت ليتصاعد الأنين قائلًا:

سكووووووووييبك..   سكووووووووووييبك.. سكووووووووووووويبك...

فأقسمت في أعماقها أنها لو نجت من الليلة القادمة، فستمنح مقعدها المتحرك الرحمة التي يستحقها وستبتاع سواه.. لكن ليس الآن.. الآن عليه أن يحتملها كما احتملت هي أنينه المزعج طويلًا، والآن عليها أن تتفرغ ذهنيًا وجسديًا لمحاولة الخروج من هنا وقبل فوات الأوان.

هي الآن استوعبت حقيقة أنها بلا أهل أو أصدقاء وبلا مقدرة على الخروج بمفردها من هنا.. وهي الآن تستوعب حقيقة أنها

١٢١

لو لم تخرج من هنا.. فسيكون عليها مواجهته، وفي هذه الحالة كيف ستتصرف؟

إنها لن تقوى على الحركة أو المقاومة، وسلاحها الوحيد الذي تملكه الآن هو وزنها.. لو جلست عليه فستسحق عظامه، لكن كيف ستغريه بالتجربة؟ وهل يكفي سحق عظام مصاص دماء لقتله؟

لا.. المواجهة لن تنتهي لصالحها، وعليها العودة للتفكير في مخرج من هنا.. لا بد أن هناك طريقة ما ولا بد أن...

مهلًا.. ماذا لو اتصلت بالشرطة لتطلب مساعدتهم؟

بالطبع لن تخبرهم أن هناك مصاص دماء يبغي قتلها ـ فهي خاضت هذا الطريق حتى نهايته سابقًا ولن تخوضه مجددًا ـ لكن يمكنها أن تدعي أن هناك لصًّا أو قاتلًا يحاول اقتحام منزلها.. نعم.. لتتصل بالشرطة.

فقط سيكون عليها أن تشرح لهم حين يصلوا أن هذا اللص أو القاتل لم يأتِ بعد، وأنه سيأتي بعد غروب الشمس ليجعلها ليلته الأخيرة كما وعدها.. ستطلب منهم البقاء حتى مغيب الشمس وستحتمل نظرات فضولهم ودهشتهم لوزنها الخارق للمألوف ـ وربما بعض التعليقات الساخرة ـ وسيكون عليها أن تشغل وقتهم بقصة ذلك القاتل الذي أعلن لها عن جريمته قبل أن ينفذها، ثم سيكون عليها أن تقنعهم بأن يحضروا معهم رصاصات خشبية أو فضية، لو أرادوا النجاة من هذا القاتل!

لكن... ماذا لو عثروا على المتاهة الفضية؟

في هذه الحالة سيفترضون فيها الجنون، وقد يطول الاستجواب قليلًا لينتهي بهم بأن يودعوها في أحد السجون أو المصحات النفسية أو مستشفى المجاذ...

نعم! المستشفى!

لتطلب الإسعاف، ولتطلب منهم نقلها إلى أحد المستشفيات لأنها تشعر بأزمة قلبية حادة وتحتاج لمن يرعاها.. هذا الحل أفضل وأسرع.. في المستشفى سيمنحونها الرعاية والطعام، ولن تكون هناك أسئلة عن المتاهة الفضية ولا الرسالة التي كتبت بالدماء على جدارها.. كيف لم تفكر في هذا الحل منذ البداية؟

كل ما عليها الآن هو أن تتصل بهم، وأن تخبرهم بوزنها، فهم سيحتاجون لإرسال عدد كافٍ من الرجال لحملها ـ وربما بعض المعدات الثقيلة لمساعدتهم ـ ثم وبعدها سيكون عليها أن تعتاد طعام المستشفيات اللعين الذي لا يشبع ولا يغني من جوع، لكنه سيكفي ليبقيها حية.. كل ما عليها الآن هو أن تزحف إلى الهاتف والذي لم تستخدمه منذ سنوات طالت، فهي لم تكن تملك من تتصل بهم أو يتصلون بها، ويجب عليها الآن ألا تضيع وقتها وأن تبدأ في التحرك و...

سكووووووويييك..   سكووووووووويييك..

سكوووووووووويييك...

وفي المستشفى ستطلب منهم شراء مقعد متحرك آخر أقوى وأحدث!

بالطبع لم يكن العثور على الهاتف وسط أكوام الفوضى التي احتلت منزلها يسيرًا أو هينًا، لكنها عثرت عليه في النهاية لتختطف السماعة ولتغرسها في جانب وجهها و.... و....

لا حرارة في الهاتف!

باردة خاوية من الصوت المتوقع المألوف رقدت السماعة على أذنها، فاحتاجت هي لدقائق كاملة قبل أن تفهم ما حدث.. أسيرها مزق أسلاك الهاتف قبل رحيله!

هي لن تستطيع الاتصال بالإسعاف أو الشرطة، وحتى لو كان لديها أقارب أو أصدقاء، فلن تتمكن من الاتصال بهم، فأسيرها الذي سيأتي الليلة ليقتلها تأكد من أنها لن تفعل وقبل أن يرحل على وعد بالعودة بعد غروب الشمس.

والشمس ستغرب في ميعادها، فهي لن تنتظر في السماء من أجلها، فمنذ متى والشمس تبالي بمن يطلب منها البقاء؟

هي الآن منعزلة تمامًا عن العالم الخارجي الذي لفظها كما لفظته هي منذ زمن طويل.

وهي الآن ترتجف، وقد أدركت أنه سيكون عليها مواجهة من لا يموت.

* * *

وهي كانت تزن ٤٢ كيلوجرامًا، وكانت المحاليل التي يسكبونها في عروقها هي التي تبقيها حية.

أيام طويلة مرت عليها في ذلك المستشفى الذي استيقظت

لتجد نفسها وهي راقدة هناك، لم تنطق فيه بحرف واحد وقد تركت الجميع يتلون عليها تفاصيل ما خاضته بنفسها مرات ومرات يحاولون البحث عن إجابات لم تكن تملكها.. برفق أخبروها أنهم عثروا على جثة حبيبها جوارها في دار الأوبرا ثم وبحيرة تساءلوا عمَّا حدث هناك، ثم وبشك وقسوة وجهوا لها أسئلة لا نهاية لها، فلم تمنحهم هي إلا صمتها ودموعها حتى قرروا أنها فقدت عقلها أو قدرتها على النطق لهول الصدمة التي مرَّت بها.. لهذا قرروا الانتظار وتركوها تسترجع في عقلها تفاصيل تلك الليلة مرة تلو الأخرى حتى كادت تفقد عقلها حقًّا.. وفي كل مرة كانت تجد ذات الحقيقة القاسية في انتظارها: حبيبها مات وسيكون عليها مواصلة الحياة بدونه!

حبيبها الذي كان يعزف الألحان بأنامله وبلسانه لم يعد موجودًا، ولن تراه ثانية، ولن ترقص روحها مع روحه في سماء الأوبرا، فهو لن يعزف هناك مجددًا.. هي لن تقضي لياليها تحلم باللحظة التي ستلتقي فيها به، ولن تحمر وجنتاها خجلًا مع همسات غزله، ولن ترتوي بألحانه التي كانت تكفي لتبقيها حية، بدلًا من كل تلك المحاليل اللعينة التي أخبروها أنها إن لم تتناول بعض الطعام، فسيواصلون سكبها في عروقها لتبقيها على قيد الحياة.

وهي لم تكن تريد البقاء على قيد الحياة.

الحياة بالنسبة لها كانت معه.. قربه... رائحته وألحانه.. همساته

ونظراته.. وعده لها بالزواج والذي لن يفي به أبدًا، فهو الآن يرقد جثة خلت من الدماء في أحد القبور بعيدًا عنها، وآخر ما ستذكره له هو اللحظة التي انتفض فيها معلنًا أن:

ـ أغغغغغغغغغغغ...

قبل أن يلفظ أنفاسه الأخيرة ليمنحها النهاية العظيمة لقصة حبهما والتي لم تطلبها منه ولم تتمنها قَطُّ!

حبيبها مات وآخر ما تبقى منه سال من ركني شفتي قاتله ذي الملامح الحزينة، وهي الآن عليها أن تواصل بدونه وهذا ليس عدلًا! لو كانت تملك صوتها لطلبت منهم أن يتوقفوا عن حقنها بالمحاليل ليتركوها تهلك.. ولو كانت تملك من الحياة ما يكفيها لتنتحر لفعلت ودون لحظة تردد واحدة.. لكنها كانت قد فقدت الرغبة في كل شيء وأي شيء، وحتى الموت ذاته لم يعد ذا جدوى، كما لم يعد لحياتها مبرر.

هي ظلت هناك.. على فراشها في المستشفى تفقد وزنها وعقلها تدريجيًا وتتلقى الزيارات والأسئلة من الجميع، إلى أن أتى اليوم الذي زارتها فيه أمها لتترك لها آخر شيئين تركهما حبيبها لها: أسطوانة تحمل آخر لحن كتبه لها ـ هدية زفافهما الذي لن يكون ـ وتلك الرسالة الذابلة التي عثروا عليها قربه، والتي تصاعدت منها رائحة حزينة ذكرتها بذات الحزن الذي رأته على وجه قاتل حبيبها.. رسالة خط عليها أغرب كلمات وداع ممكنة: «أنت الآن مثلي!».

فاحتاجت هي لبعض الوقت قبل أن تدرك أن هذه الرسالة لم تكن مع حبيبها.. بل كانت مع قاتله!

تلك الورقة العتيقة الذابلة هي الدليل الوحيد أنه كان موجودًا، وهي الآن طرف الخيط الوحيد الذي قد يقود إليه ليقبضوا عليه وليجبروه على دفع الثمن.

هي قرأت الرسالة مرة وثانية وثالثة، قبل أن تنتفض أخيرًا، لتسترد صوتها وقدرتها على النطق، لتروي لأمها كل ما حدث في تلك الليلة من بدايتها وحتى اللحظة التي أعلن فيها حبيبها:

ـ أغغغغغغغغغغغغ...

فأصغت لها أمها ذاهلة دون أن تقاطعها، ثم تركتها لتطلب طبيبها صارخة:

ـ ابنتي جُنت! ابنتي فقدت عقلها!

لكنها ولسوء حظها لم تكن قد فقدته بعد.. ومع صراخ أمها أتى الأطباء فرجال الشرطة فوالدها فكل من حاولوا الفهم أو التصديق، وعلى آذانهم تلت هي ذات القصة لتتلقى نظرات الاستنكار والحيرة في كل مرة، يصحبها ذات الاستنتاج الذي أعلنه البعض صراحة والبعض الآخر بنظراته.

هي فقدت عقلها!

مصاص دماء امتص دم حبيبها؟ بالطبع هي فقدت عقلها! لكنها لم تيأس.. بكت وتوسلت وأقسمت وتمالكت نفسها، وبدقة عذبتها روت للجميع ذات القصة مرارًا وتكرارًا فلم يصدقها

أحد، ثم أخذ الجميع يتوقفون عن توجيه أسئلتهم لها، فلم تتوقف هي عن منحهم ذات الإجابة.

ثم ومع الوقت قلَّت الزيارات.. الشرطة أعلنت أنه لم يعد هناك المزيد من الأسئلة لتوجهها لها، وأقاربها ـ حين كانوا لا يزالون على قيد الحياة ـ قرروا أنها لم تعد تصلح لتكون قريبتهم.. حتى والداها تواترت زيارتهما قبل أن تنقطع نهائيًّا، ليتركاها فريسة الوحدة والذكريات، فلم يعد لها إلا تلك الممرضة المسنة التي قضت ليلة طويلة معها أعادت هي فيها ذات القصة على مسامعها، لتتلقى منها الرد الذي خشيت أن تسمعه طويلًا:

ـ لم يعد هذا يشكل فارقًا.. أيًّا ما كان قاتله فلقد مات حبيبك! وكل ما عليك الآن فعله هو أن تتعلمي نسيانه.. صدقيني.. لو لم تنسي فستفقدين ما هو أهم منه!

فحدقت هي ذاهلة في الممرضة المسنة بعينين اكتستا بالدموع دون أن تجيب.. وبرفق ربتت عليها الممرضة المسنة لتردف:

ـ والآن.. كل ما أريده منك الليلة هو أن تتناولي بعض الطعام.. أقل القليل لكن يجب أن تفعليها لو أردتِ أن نوقف المحاليل.. أقل القليل ولن أحاول الضغط عليك.

فواصلت هي التحديق فيها للحظات طالت قبل أن تفاجأ بنفسها تهز رأسها موافقة.

لماذا وافقت؟ لم تعرف هي إجابة هذا السؤال أبدًا.. المهم أنها وافقت.

والمهم أنها ومنذ تلك الليلة لم تتوقف عن التهام الطعام أبدًا!

* * *

وهي الآن تزن ٥٣٥ كيلوجرامًا لأنها لم تكتفِ بأقل القليل، وهي الآن عليها أن تستعد للمواجهة القادمة.

في اللحظة التي أعادت فيها سماعة الهاتف إلى مكانها أيقنت أنه لم يعد أمامها سبيل للهرب، وأن كل ما تبقى أمامها هو أن تستعد لمواجهة أسيرها الذي سيعود فور غروب الشمس، فلم تضيع المزيد من الوقت.

على مقعدها المتحرك بدأت الحركة لتملأ منزلها بالـ...

سكوووووووويييك..   سكووووووووويييك..
سكووووووووووووويييك...

لكنها لم تبالِ بتوسلات مقعدها المتحرك ولم تتوقف.. يجب أن تحكم إغلاق النوافذ.. يجب أن تحكم إغلاق الأبواب.. يجب أن تعلق الثوم، وتنثر الفضة، وتتذكر أين أخفت زجاجة الماء المقدس التي حصلت عليها تحسبًا للطوارئ.. ويجب عليها أن تصنع لنفسها وتدًا خشبيًّا.

لو كان أسيرها سيأتي ليقتلها، فيجب عليها ألا تجعل مهمته سهلة أو هينة.. يجب أن تقاوم ويجب أن تحاول ـ مجرد محاولة ـ لأن تنتقم لحبيبها.

سكووووووووووييييك..   سكووووووووووييييك..
سكووووووووووووييييك...

وهي كانت تتحرك ببطء شديد من مكان لآخر، لكنها لم تتوقف!

سكووووووووووييييك..   سكووووووووووييييك..
سكووووووووووووييييك...

وهي كانت تلهث وتتصبب عرقًا لكنها لم تتوقف!

سكووووووووووييييك..   سكووووووووووييييك..
سكووووووووووووييييك...

وهي شعرت بالتعب والإجهاد، فجسدها كله ينتفض رافضًا بذل المجهود الذي لم يعتده منذ سنوات طويلة، لكنها تحاملت على نفسها ولم تتوقف!

سكووووووووووييييك..   سكووووووووووييييك..
سكووووووووووووييييك...

وهي بدأت تشعر بالجوع مجددًا، فلم تستطع مقاومته وتوقفت!

عداد الشمس التنازلي أطلَّ عليها من نوافذ منزلها ليخبرها أنه لا بأس.. إنها لا تزال تملك بعض الوقت قبل أن تغرب الشمس، ولو أرادت أن تتناول وجبة سريعة فلا بأس.. المهم أن تكون وجبة سريعة.. أقل القليل.

هكذا وجدت نفسها تزحف بمقعدها إلى أقرب كومة طعام منها، ثم وبلهفة من يتناول وجبته الأخيرة، أخذت تدس الطعام

في فمها لتأخذ في ابتلاعه دون مضغ أو حتى لتتنفس، ومن أسفلها تعالى أنين مقعدها المتحرك رافضًا احتمال الوزن الزائد لكنها تجاهلته، ولم تتوقف عن تخزين الطعام في جسدها استعدادًا لليلة الطويلة التي في انتظارها.

هي يجب أن تحصل على كفايتها من الطعام، فلن يكون هناك وقت آخر له بعد الآن.. لو نجت فستحتفل الليلة بوجبة أضخم، ولو لم تنجُ فستتحول هي إلى وجبة لقاتلها الذي سيأتي ليمتص دماءها كما امتص دماء حبيبها منذ سنوات.

مصاص دماء قتل حبيبها؟ بالطبع هي فقدت عقلها!

أين هم هؤلاء الحمقى الآن لينقذوها منه؟

هي واصلت دسَّ الطعام في فمها حتى احتشد في معدتها، وحتى وجدت أنها لم تعد قادرة على ابتلاع المزيد فاكتفت بما حصلت عليه، وأخذت تجاهد لالتقاط أنفاسها.. إن أفضل ما يمكنها الحصول عليه الآن هو غفوة سريعة بعد هذه الوجبة.. هي لم تنم منذ الليلة الماضية، ولم تبذل مثل هذا المجهود منذ سنوات طويلة.. بضع دقائق فقط.. ستريح عينيها و...

لكن لا.. لا وقت للنوم.. يجب أن تعثر على قائم خشبي الآن، ويجب أن تحضر سكينًا قوية من المطبخ لتبدأ في صنع وتد و... و...

ولكن كل الدماء في جسدها كانت قد بدأت رحلتها إلى أحشائها، فشعرت برأسها يدور وبإغراء النوم لا يقاوم حقًّا.. كيف ستواصل يومها لو لم تحظَ ولو بقليل من النوم؟ بالطبع لن تحتمل.

هي رفعت عينيها للشمس مرة أخرى لتستأذنها في الانتظار، فأجابتها الشمس مبتسمة بأنه لا بأس يا عزيزتي.. بالطبع سأنتظرك لكن لا تغيبي عني طويلًا.. احصلي على قليل من النوم.. أقل القليـ...

فبادلتها الابتسامة ممتنة، وعلى جسدها الممتد في كل الجهات كوسادة أرخت رأسها، لتسمح لنفسها بغفوة سريعة واجبة.

هي كانت قد عقدت العزم على ألا تطول غفوتها.

هي كانت تشعر بالإرهاق، لكنها قررت الاكتفاء ببضع دقائق لا أكثر.

وهي كانت تظن حقًّا أن الشمس ستنتظرها.. ألم تعدها بذلك؟

* * *

هي كان وزنها ١١٧ كيلوجرامًا حين قررت أمها أنها يجب أن تمنعها عن التهام الطعام وبأي طريقة.

كانت قد عادت إلى منزلها، بعد أن وجدوا في المستشفى أنها لم تعد في حاجة للمحاليل، بل لحِمْية قاسية وفورية، وهناك لم تجد هي إلا التحاشي ونظرات الشفقة في عيون لم تنجح في التهرب منها، فانعزلت في غرفتها عن العالم الخارجي ولم تسمح بدخول شيء إلا الطعام إليها.

وهي كانت تنتهي من الوجبة لتطلب الثانية على الفور، فلم يكن يوقفها عن الالتهام إلا ساعات النوم المحدودة التي كانت

تحظى بها في كل ليلة.. هكذا كانت تقضي أيامها.. تلتهم كل ما يصلح للالتهام وهي تصغي للحن حبيبها الأخير ـ هدية زفافها الذي لن يكون ـ وتقرأ ذات الرسالة العتيقة التي سقطت من قاتله.

في البداية استردت وزنها وصحتها.. ثم اكتسبت المزيد من الوزن.. ثم المزيد.. ثم المزيد.. ثم المزيد.

ملابسها بدأت تضيق عليها، فابتاع لها والدها أخرى أكثر اتساعًا وتركها لها دون أن يلتقي بها، فهو لم يكن يطيق رؤيتها في هذه الحال، ولا رؤية ملامحها الجميلة، إذ أخذت تذوب تدريجيًّا في أكوام الشحوم التي تسللت ببطء واثق إلى كل تفاصيلها.

ثم قررت أمها أنها يجب أن تتدخل، وأن تقف حائلًا بينها وبين نهمها المفاجئ هذا، ومهما كان الثمن.

في البداية حاولت أن تتكلم معها، لكن نصائحها هوت على أذنين فقدتا قدرتهما على الإصغاء، ثم حاولت أمها أن توقف إمداد الطعام المتواصل عنها، فواجهت هي محاولتها هذه بنوبات ثورة وصراخ أعادت لها كميات الطعام التي كانت تحصل عليها مضاعفة.. ثم وفي النهاية لم تجد أمها إلا أن تأتي لها بطبيب نفسي ليحاول مساعدتها، فلم تعارض هي أو تقاوم، بل كانت تقضي الساعات معه تصغي لثرثرته عن «التعويض النفسي» و«الطعام لن يمنحك الحب» وهي تلتهم المزيد من الطعام.

هل كانت تعوض نفسها حقًا عن فقدان حبيبها؟ هل كانت

تعاقب نفسها؟ هل كانت تعاقب كل من لم يصدقوا قصتها عن مصاص الدماء الذي قتل حبيبها؟

أسئلة لم تجد وقتًا للإجابة عنها، وقد تفرغت تمامًا لتحويل جسدها إلى مكب للنفايات أخذ يتضخم ومع الوقت، حتى يئست أمها منها في النهاية، وحتى توقفت عن زيارتها في غرفتها لتتركها للحنها وللرسالة ذات الرائحة الحزينة وللمزيد من الطعام.

وهي لم تتذكر في هذه المرحلة إلا نصيحة الممرضة المسنة بأنها يجب أن تتعلم النسيان وإلا فستفقد ما هو أهم من حبيبها.. حين سمعت النصيحة لم تفهم تحديدًا ما الذي كانت الممرضة تقصده، لكنها الآن فهمت وعرفت.

هي كانت تخسر نفسها.

وهي ـ وحتى بعد أن فهمت ـ لم تتوقف عن التهام المزيد من الطعام.

* * *

وهي استيقظت على صوت لحن حبيبها، وقد انبعث في منزلها بعذوبته وسحره الذي لم يفقده وبعد كل هذه السنوات. ببطء فتحت عينيها، وعلى جسدها ترنح رأسها للحظات قبل أن تعتدل لتنتفض مستفيقة، وقد وجدت أن الشمس لم تعد هناك.. ثم وفي عقلها الذي لم يبلغه ما يكفيه من دماء تصاعدت الأسئلة:

كم من الوقت غابت في النوم؟

أين الشمس؟

كيف يتصاعد لحن حبيبها؟

ومن الذي فتح تلك النافذة التي تثق من أنها أحكمت غلقها؟

أسئلة أعادت إليها وعيها كاملًا في لحظات، تجمدت فيها هلعًا قبل أن تجد الإجابة الوحيدة عليها كلها.

إنه هنا!

هنا والآن في منزلها، وها هو وقد أتى ليمنحها ما وعدها به.. ليلتها الأخيرة.

في تلك اللحظة توقف الزمن احترامًا للهلع الذي استبد بها، وفي تلك اللحظة رأت نفسها وقد جثم أسيرها عليها يمتص الدماء من عنقها، بينما هي تنتفض وتصدر ذات الصوت الذي أصدره حبيبها، إذ أخذ يفقد دماءه وبلا رجعة:

ـ أغغغغغغغغغغنغ...

هذه هي النهاية لو لم تتحرك الآن وفورًا لتحاول وللمرة الأخيرة أن تنجو بحياتها.. لم يعد هناك وقت لصنع وتد خشبي، ولم تعد هناك فائدة من إحكام إغلاق ما لم تغلقه بعد، فأسيرها الآن هنا.. معها داخل المنزل، وها هو قد أتى ليحصل على نصيبه من المرح، تمامًا كما حاولت هي أن تحصل عليه في الليلة الماضية.

وهي الآن يجب أن تختبئ وبسرعة! لكن...

أين؟

كيف ستخفي ٥٣٥ كيلوجرامًا من اللحم والشحوم تزحف على مقعد متحرك يصرخ بالـ... سكوووووووييك.. سكووووووووووييك.. سكووووووووووييك... كلما حاولت الحركة؟

هل تدخل غرفتها وتحكم إغلاق الباب عليها من الداخل؟ هذا لن يوقفه!

هل تحاول إخفاء جسدها أسفل أكوام الطعام والفوضى التي تملأ منزلها؟ المنزل كله ولو تحول لأنقاض لن يكفي لإخفائها!

هل تبدأ في الصراخ مستسلمة لهلعها، على أمل أن يسمعها أحد لينقذها؟ لا يوجد أحد!

لا يوجد هنا الآن إلا هي.. وهو.

هو الذي نجا من الزمن وانتقامها ومتاهتها الفضية، وهي التي لا تستطيع حتى أن تتحرك بالسرعة الكافية لتبحث عن مكان لتختبئ فيه و...

المتاهة الفضية!

هذا هو أفضل مكان للاختباء.. نعم.. لو استطاعت بلوغها فستبتاع لنفسها المزيد من الوقت للهلع والتفكير.. كل ما عليها الآن هو أن تبلغ متاهتها، وكل ما على مقعدها المتحرك فعله هو أن يساعدها على بلوغها دون أن يصدر أنينه اللعين، فهل سيوافق على فعلها؟

سكووووووووييك .. سكوووووووووييك ..
سكووووووووووووييك ...

ببطء بالغ تحركت، فهمس مقعدها بأنينه لتخفيه هي بصوت
ضربات قلبها وأنفاسها التي تلاحقت في صدرها.. إنه هنا..
لكنه لن يهجم عليها فورًا، فالليلة لا تزال في بدايتها وهو قرر
الاستمتاع بوقته حقًّا.

سكووووووووييك .. سكوووووووووييك ..
سكوووووووووييك ...

سيعذبها أولًا كما عذبته هي.. سيعذبها وكأنه لم يكفه ما فعله
بها طوال تلك السنوات الماضية.

لكنها لن تسمح له.. في متاهتها ستختفي وسيقضي هو ليلته
كلها يبحث عنها دون أن يعثر عليها.. بل وربما حالفها الحظ
هذه المرة لتشرق الشمس التي تخلت عنها وليهلك هو بضوئها.
كل ما عليها هو أن تبلغ المتاهة وقد تخرج منها الليلة منتصرة..
قد تخرج منها وقد حصلت على انتقامها الذي حلمت به طويلًا..
ها هي تقترب من مدخل المتاهة السري في نهاية الممر حيث
المصعد الداخلي الذي سيهبط بها إلى هناك.. ها هي تراجع
كل ممر فيها في مخيلتها، وها هي ترسم لنفسها المسار الذي
ستتخذه فيها.

سكووووووووييك .. سكوووووووووييك ..
سكوووووووووييك ...

ها هي تقترب.. تقترب.. تقترب...

وها هي وفي اللحظة التي همَّت فيها بضغط زر المصعد، تفاجأ بالكهرباء وقد انقطعت بغتة ليسود الظلام على المكان، معلنًا لها نهاية رحلتها وفشل خطتها الوحيدة للنجاة.

ثم وفي اللحظة التالية هوت تلك الضربة على رأسها لتحصل على غفوة ثانية إجبارية لا وقت لها على الإطلاق.

* * *

هي كان وزنها قد بلغ ٢٣٤ كيلوجرامًا حين اكتشفت أنها بلغت نقطة اللاعودة.

هوسها بالتهام الطعام تحول إلى إدمان حقيقي، لم يعد هناك سبيل للشفاء منه، وهي لم تعد تستطيع التوقف حتى لو حاولت.. وهي حاولت.

عند هذا الحد كانت قد فقدت كل ملابسها ومعالمها الأنثوية، لكنها لم تبالِ بما تبقى منها إلا حين بدأت تشعر بمشكلة في الحركة والنوم، بل وحتى التنفس.. كل شيء أصبح شاقًا مجهدًا لا يستحق المخاطرة باحتماله، والشيء الوحيد الذي كانت تشعر به طيلة الوقت كان الجوع.

جوع قاسٍ وحشي يعتصر أحشاءها ليل نهار دون رحمة.. جوع لا يكفي كل الطعام في العالم لإرضائه.

لكنها حاولت التوقف.

هي اتخذت القرار وحاربت نفسها لتنفذه، فوجدت أنها

١٣٨

أصبحت عاجزة عن اتخاذ القرارات أو تنفيذها.. حاولت حرمان نفسها من الطعام فلم تطاوعها نفسها على المقاومة.. حاولت ممارسة الرياضة فوجدت أنها عاجزة عن الوقوف لفترات طويلة حتى.. حاولت اللجوء للأطباء لكنها لم تجد عندهم ما يصلح للالتهام!

هي حاولت أن تنقذ نفسها، لكنها وجدت أنه لم يعد فيها ما يصلح للإنقاذ، لتسقط فريسة لاكتئاب لم يورثها إلا نهمًا مضاعفًا للالتهام فاستجابت له.. وحين ماتت أمها بعد سنوات من الانقطاع لم يعد ما يمنع بينها وبين الطعام إلا أبوها الذي ترك لها ما يكفيها من مال، فهو لم يعد قادرًا على التعامل معها ولا الإصغاء لذات اللحن اللعين ـ على حد قوله ـ والذي كانت هي تصغي إليه في كل ليلة.

أخبرها أنها لو أرادت أن تعذب نفسها بالطعام والذكريات فهذا حقها.. لكنه لن يدفن نفسه جوارها.

هنا كان الأمل الوحيد أمامها هو أن ينضب مخزونها من المال لتتوقف قسريًا عن التهام الطعام، لكن وحين مات أبوها بعد أمها بأشهر قليلة، وجدت أنه ترك لها من المال ما يكفي لابتياع مخزون العالم كله من الطعام، لو كان هذا سيكفيها.

ثم وفي الليلة التي بلغ فيها وزنها ٣١٢ كيلوجرامًا وجدت أنها لم تعد تقوى على الحركة بمفردها، وأنها أصبحت في حاجة إلى مقعد متحرك للتنقل من مكان لآخر، فابتاعت أحدث وأقوى

طراز عثرت عليه، وبه استغنت عن حاجتها لبذل أي مجهود لتتفرغ كلية لزيادة وزنها فحسب.

وحين بلغ وزنها ٤٠٥ كيلوجرامات استغنت عمَّن تبقى في منزلها من خدم، وقد وجدت أنها لم تعد في حاجة لمن يشاطرونها مخزونها من الطعام، ليبدأ منزلها في التحول تدريجيًّا إلى متحف للفوضى.

وحين بلغ وزنها ٤٦٥ كيلوجرامًا اكتشفت أخيرًا ـ ومتأخرًا جدًّا ـ الدافع الحقيقي وراء نهمها الذي لا نهاية له...
إنها تبغي الانتقام!

هذا هو الشيء الوحيد الذي قد يمنحها الإحساس بالشبع الذي افتقدته طويلًا، ولو لم تقتل قاتل حبيبها، فستتحول إلى ثقب أسود قادر على ابتلاع العالم كله.. ولو أرادت قتله فعليها أن تعثر عليه أولًا.

وهي كان قد بلغ وزنها ٤٨٠ كيلوجرامًا حين بدأت في قراءة كل شيء عن مصاصي الدماء.

وحين بدأت في رسم متاهتها التي لن تبلغها في الليلة التي ستحتاجها فيها.

* * *

وهي استيقظت هذه المرة لتجد أن القمر لم يتخل عنها كما فعلت الشمس، وأنها لا تزال على قيد الحياة.

غفوتها هذه المرة لم تطل، بل كان كل ما شعرت به هو العالم

يظلم من حولها فجأة، قبل أن تسترد وعيها لتجد أن الظلام لا يزال هناك.. الألم الذي نبض به رأسها لا يزال هناك.. والأسوأ أن من كان أسيرها لا يزال هنا.

تلك الخطوات التي تصاعدت من حولها أعلنت لها أنه لن يرحل دون أن يحصل على ما أتى من أجله، واللحن الذي لم تخرج روحها من جسدها لترقص عليه كان لا يزال يملأ جنبات منزلها.. هذه المرة لو خرجت روحها من جسدها فستخرج بلا عودة.. وكانت تلك الرائحة النفاذة هناك أيضًا.

لم تكن رائحة الحزن التي تفوح بها الرسالة العتيقة، بل كانت رائحة أخرى عجزت عن تمييزها، إذ تصاعد صوته من الظلام ليقول:

ـ أرجو أن تكوني مستعدة.. فالليلة سنمرح كثيرًا.

لينتفض جسدها البدين بكل كيلوجراماته، ولتكتشف ثاني وأسوأ حقيقة اكتشفتها في تلك الليلة...

هي لم تعد على مقعدها المتحرك!

جسدها الهائل كان يرقد على الأرض التي لم تمسها منذ سنوات، ومقعدها الذي احتمل حملها طيلة كل هذه السنوات، كان يرقد أمامها وقد تحول إلى كتلة ملتوية من المعدن، لم تعد قادرة على إصدار صوت الـ«سكووووووويك» المحبب.

هي الآن فقدت وسيلتها الوحيدة للحركة، وهي الآن تصغي إلى صوت من كان أسيرها إذ واصل:

ـ أنتِ الآن في منزلكِ، والليلة سأمنحكِ ذات الفرصة التي حصلتُ عليها ليلة أمس.. سيكون عليكِ الخروج من هنا، وسيكون عليكِ فعلها وقبل أن تبلغك النيران! الرائحة.. إنها رائحة وقود!

هي ميزت الرائحة وأدركت الغرض منها. وهو تصاعد صوته بنبرة استمتاع كان يفوح بها صوتها ليلة أمس:

ـ سيكون عليكِ أن تعثري على طريقك وسط الظلام والفوضى.. والأهم، سيكون عليك أن تفعليها وفي الوقت المناسب.. لكن، كيف ستتحركين بدون مقعدك المتحرك؟ هل ستقوى عظامك على حملك؟

سؤال لم تجرؤ هي على معرفة إجابته، وقد أصابها هلعها بالشلل.. إنه لم يأتِ ليحصل على دمائها كما كانت تظن.. إنه ـ فقط ـ يريد قتلها وبأسوأ طريقة ممكنة!

ـ والآن ابدئي.. فالوقت المتاح أمامك محدود حقًّا.

لم تتحرك هي، وللحظات عجزت فيها عن التفكير في الحركة حتى.. جسدها الهائل أخذ يرتجف وبلا توقف، وفي مكان ما في منزلها تصاعد صوت النيران ورائحة الدخان لتمتزج برائحة الوقود ولتمنحها إشارة البدء.

هي ستحترق حية!

هي ستهلك دون أن تحصل على انتقامها، وستتحول إلى كتلة من الفحم تزن ٥٣٥ كيلوجرامًا أو أقل قليلًا.

هي ستحصل على ذات المصير الذي تمنته له لو لم تخرج من هنا، ولو أرادت فعلها فلا يوجد أمامها إلا أن تبدأ الزحف.. طوال السنوات الماضية لم تحرك في جسدها إلا ذراعيها لتملأ بهما جسدها بالطعام، فهل سيقويان الليلة على تحريك جسدها إلى بر الأمان؟

هي لم تجرؤ على إجابة هذا السؤال أيضًا أو تضييع الوقت في المحاولة.

وهي بدأت الزحف دون أن تتمكن حتى من رؤية إن كانت تزحف في الاتجاه الصحيح أم لا.

* * *

وهي كانت قد بلغت الـ٥٣٥ كيلوجرامًا حين بدأت في تنفيذ خطتها.

لأشهر طويلة قرأت كل ما عثرت عليه عن مصاصي الدماء، ومما قرأته عرفت عنهم الكثير.. وكان أهم ما عرفته هو أنهم خالدون ـ أو يبدون كذلك ـ وهذا يعني أن قاتل حبيبها لا يزال حيًّا ـ وهي كانت تتمنى أن يظل حيًّا حتى تعثر عليه ـ وفي ذات الوقت بدأت في بناء متاهتها مستغلة الثروة التي تركها لها والداها.

لماذا اختارت المتاهة؟ لأنها لم تجد فكرة أشد قسوة منها.. كان يمكنها أن تبني سجنًا تتركه فيه حتى تشرق الشمس عليه لتحرقه، لكن المتاهة بدت لها فكرة أفضل، وتليق بقاتل حبيبها حقًّا.. المتاهة ستمنحه الأمل في الخروج منها ـ بينما هي صممت

١٤٣

متاهتها دون مخرج ـ وهذا الأمل كان العذاب الأخير الذي اختارته له.. أن تراه كجرذ يجوب الممرات على أمل الهروب منها، حتى ينسحق الأمل في أعماقه، كما سحق هو أملها في أن تحصل قصة حبها على نهايتها الطفولية.

مجرد قتله لم يكن يكفيها.. كان يجب عليها أن تقهره أولًا!

ولأنها عرفت الكثير عن مصاصي الدماء، قررت بناء متاهتها بجدران من الفضة رغم أن هذه التفصيلة كلفتها ثروة طائلة، لكنها كانت تملك المال والدافع والوقت وما يكفيها من طعام.. فقط كان عليها احتمال نظرات الحيرة وهمسات من أتوا ليبنوا لها متاهة من الفضة أسفل منزلها، وهي كانت تعرف بم يهمسون.

لا بد أنهم ظنوا أنها مخبولة.. مخبولة بدينة ثرية تملك من المال ما يكفي لبناء متاهة من الفضة، لكن طالما ستدفع لهم ما طلبوه.. فما المانع؟

وهي كانت أتقنت تصميم متاهتها حقًّا.. الممرات المتماثلة التي يستحيل التمييز بينها.. الممرات الضيقة التي ستحد من سرعة أسيرها لو حاول استخدام قدراته.. الأسهم الخشبية التي ـ ولو لم تقتله ـ فستمنحه الفزع الذي شعرت هي به في آخر ليلة لها في الأوبرا.. نظام المرايا التي ستعكس ضوء الشمس لتقتله، وأخيرًا المصعد السري الذي سيقودها إلى المتاهة حيث قضت لياليها تنظفها بدأب لا حد له.

لكن كل هذا لن يكفي لو لم تعثر عليه أولًا.. ولهذا بدأت هي رحلة بحثها عنه.

بجزء اقتطعته من ثروتها ابتاعت لنفسها اتفاقًا مع جميع العاملين في المشارح بأن يبلغوها لو عثروا على أي جثة خلت من الدماء، وبأضعاف ما حصلوا عليه ابتاعت كل المنازل والأراضي المحيطة بمنزلها لتبتاع لنفسها العزلة المطلوبة.. ثم وبما تبقى لها من مال ابتاعت مخزونًا هائلًا من الطعام، يكفيها للبقاء في منزلها ودون أن تضطر لتركه أبدًا.

ثم انتظرت.

لسنوات طويلة مريرة انتظرت أن يأتي اليوم الذي يظهر فيه قاتل حبيبها أو أن يظهر طرف خيط يقودها إليه.. وطوال تلك السنوات صنعت لنفسها روتينًا مقدسًا لم تحد عنه ومهما كان السبب.. نهارها كانت تقضيه بين النوم والتهام الطعام وبلا توقف، ولياليها كانت تقضيها في متاهتها الفضية، تنظفها على أنغام اللحن الأخير الذي لم يفقد سحره بعد كل هذه السنوات.. وكانت ومع فجر كل يوم جديد تعيد قراءة تلك الرسالة العتيقة التي تحمل رائحة الحزن، ثم تتمنى أن يأتي اليوم الذي يطرق فيه قاتل حبيبها باب منزلها ليحصل على دمائها، ولتمنحه هي ما يستحقه.

لكن، ماذا لو ماتت قبل أن يفعل؟

بوزنها هذا يسهل أن تصاب بأزمة قلبية أو غيبوبة سكر أو

حتى أن تجثم الشحوم على صدرها لتعجزها عن التنفس.. حينها ستموت وقبل أن تحصل على انتقامها، وحينها سيكون كل ما فعلته بلا جدوى.. ربما يجب عليها أن تنقص وزنها لتضمن البقاء.. لن تعود كما كانت لكنها ستحاول أن تنقص وزنها ولو قليلًا.. أقل القليل كما نصحتها ممرضتها المسنة.

هي اتخذت قرارًا جادًّا هذه المرة باتباع حِمْية قاسية، وهذه المرة نجحت في اتباعها مكتفية بأملها أن يأتي اليوم الذي ستنتقم فيه لكل ما حدث لها.. وصحيح أنها لم تنجح في إنقاص وزنها إلا أنها لم تزد أكثر مما زادته بالفعل.

بوزنها الذي استقر عند ٥٣٣ كيلوجرامًا، قاومت هي نهمها، وانتظرت على أمل أن يأتي اليوم الذي يزورها فيه قاتل حبيبها لينتهي كل شيء.

وها هي الآن تدفع ثمن أمنيتها هذه.

* * *

وهي الآن تزن ٥٣٤ كيلوجرامًا ـ فلا بد أنها فقدت كيلوجرامًا على الأقل مع كل العرق الذي فاض به جسدها ـ وكانت تزحف ببطء لا حد له ودون وجهة محددة.

من حولها تآمر الدخان مع الظلام ليفقداها الرؤية تمامًا، وأكوام الفوضى التي اجتاحت منزلها استحالت إلى ألف عائق وعائق في طريقها، وذراعاها أخذتا في الأنين مع معاناتهما في زحزحة جسدها الضخم.

١٤٦

ـ منزلكِ ضخم حقًّا، وسيستغرق بعض الوقت حتى يحترق عن آخره، لكن.. هل ستتمكنين من الفرار أولًا؟

قالها من أتى ليستمتع برؤيتها في هذه الحالة، وبالطبع هو يراها الآن، فهو يرى في الظلام وبذات الوضوح الذي يرى به في الضوء.. هذه واحدة من قدراته التي قرأت عنها.

هي لم تجبه، بل واصلت زحفها متقدمة من اللااتجاه دون أن تتوقف.. وفي طريقها ارتطمت بكومة من الأشياء فسقطت عليها، لكنها لم تميز ما سقط عليها ولم تبالِ.. كل شيء هنا سيحترق بعد قليل، وهي أيضًا ستحترق لو لم تخرج من هنا وبسرعة.

صوت النيران إذ أخذت تلتهم عالمها امتزج بصوت لحن حبيبها، فودت ـ وللمرة الأولى في حياتها ـ أن يخرس وأن يتوقف عن ملء الفراغ بسحره.. إنه ليس وقته.. إنه لا يذكرها الآن إلا بمشهد حبيبها وقد لفظ روحه مع دمائه مصدرًا:

ـ أغغغغغغغغغغغ... كق...

حبيبها تركها في تلك الليلة تواجه العالم القاسي بدونه، ولم يترك لها سوى لحنه الأخير.. كان يجب عليه أن ينجو.. كان يجب عليه أن يبقى ليدافع عنها الليلة ولينقذها ولو اضطر لحملها على ذراعيه.. لكنه ترك قاتله يمتص دماءه وتركها لتحترق.. يا له من وغد!

ومتجاهلة كل ما سقط عليها واصلت زحفها، وقد بدأت الأدخنة تتعاظم من حولها أكثر فأكثر حتى بدأت تجد عُسرًا في

التنفس، لكنها لم تتوقف.. هذه الأدخنة ستقتلها اختناقًا قبل أن تحترق لو توقفت، لذا تحاملت على نفسها وكتمت أنفاسها دون أن تتوقف عن الزحف.

ـ أنتِ تزحفين في الاتجاه الخطأ بالمناسبة.. أكره أن أساعدك لكنها الحقيقة!

تمامًا كما نصحته في الليلة الماضية!

إنه ـ وبالفعل ـ يستمتع بوقته حقًّا!

لكنها لم تبدل اتجاهها، بل واصلت في ذات الطريق معتمدة على غريزتها وحاستها اللاشعورية بالاتجاهات.. إنه منزلها برغم كل شيء ولا بد أنها ستجد الطريق للخروج من هنا تلقائيًّا.. المهم أن تفعلها وقبل أن تبلغها النيران.

المهم أن تزحف أسرع!

وهي اصطدمت بذلك الجدار في نهاية طريقها لتجد أن قاتلها كان محقًّا.. هي كانت تزحف في الاتجاه الخطأ، والآن عليها أن تصحح مسارها وبسرعة.. لكن أين هو طريق الخروج من هنا؟

بمعجزة ما تحاملت على ذراعيها واعتدلت جالسة، ثم وبعينين التهبتا بالدموع والأدخنة، أخذت تحاول اختراق أنسجة الظلام من حولها لتستشف طريقها.. لو كان منزلها سيحترق حقًّا فلماذا لا تساعدها النيران على الرؤية؟

لكن لا بأس.. لا وقت للاستسلام للهلع الآن.. لتتماسك ولتتحسس ما حولها، علَّه يدلها على طريق النجاة من هنا.. هذه

بعض الأطعمة التي كانت تتركها في متناول يديها.. هذا الهاتف هو الذي لم تستخدمه منذ سنوات، فهي لم تكن تملك من تتصل بهم.. هذه الطاولة قرب الممر الذي يقود إلى غرفة النوم، وهذا يعني أن عليها أن تزحف في الاتجاه المضاد.

إن منزلها ضخم حقًّا، لكن بابه يبعد عدة أمتار عنها لا أكثر.. أمتار كانت تقطعها بخطوات رشيقة حين كانت لا تزال شابة ولا تزال تحب، لكنها الآن ستزحفها وببطء شديد فهي عاجزة عن الحركة أو التنفس.

ـ إنني لا أتذكرك بالمناسبة.. أذكر ذلك اللحن وأعرف أن تلك الرائحة هي رائحة الشبح.. لكني لا أعرف ما علاقتك به ولم أعد أهتم حتى.. كل ما يهمني الليلة هو أن أراكِ تحترقين!

عن أي شبح يتحدث؟ سؤال لا وقت للإجابة عليه!

هذا المقعد كان في طريق الخروج من منزلها، وهذه الكومة من الأطعمة كانت تبعد قليلًا عن باب منزلها.. إنها تزحف في الطريق الصحيح إذن.. إن ما يفصلها الآن عن النجاة هو خمسة أو ستة أمتار فحسب، و.... و...

ولكن الرؤية تحسنت فجأة أمامها، فانتفضت وقد أدركت أن النيران بلغتها.. منزلها الذي كان عالمها الوحيد سيحترق ويتآكل، وها هي النيران تواصل زحفها هي الأخرى تجاهها... يجب أن تسرع.. يجب.

ـ كان يمكنكِ أن تتركيني أحصل على دمائك وأرحل.. كنتِ ستحصلين على ميتة أسرع وأقل إيلامًا.. لكنك اخترتِ لنفسك هذه النهاية!

وهي بالفعل اختارتها لنفسها في الليلة التي تناولت فيها الطعام ولأول مرة بعد موت حبيبها.. كان عليها أن تكتفي بالمحاليل لتبقيها حية.

لكنها ومع الشعور الغامر بالحرارة الذي اجتاحها، وجدت نفسها تزحف أسرع متجهة إلى باب منزلها والذي بدت معالمه في الاتضاح أمامها تدريجيًّا.. يجب أن تبلغه.. يجب أن تخرج من هنا.

إن سيارة والدها تنتظر في الخارج، وقد تكون لا تزال صالحة للحركة.. لو بلغتها فستلقي بنفسها فيها، وستنطلق بأقصى سرعة إلى اللامكان، فهي لا تملك وجهة لتنطلق إليها.. فقط عليها أن تبتعد عن هنا.. فقط على النيران أن تنتظرها حتى تفعل.

وفقط على من كان أسيرها أن يسمح لها بالخروج!

ـ أنتِ تركتِ الأزهار في حديقتك تموت.. والليلة ستلحقين بها!

لم تحتمل هي كتمان أنفاسها أكثر من هذا، وشهقت لتملأ صدرها بالأدخنة.. شهقت فسعلت فبكت فواصلت زحفها، ومن حولها تصاعدت ضحكات قاتلها الساخرة لتهوي عليها كالسياط.

هي كانت من زرعت الأزهار في حديقتها لتزين بها ليلة زفافها.. وهو كان السبب في ذبولها!

وأمامها أخذ باب منزلها يقترب.. ويقترب.. ويقترب...

وقبل أن تخور قواها تمامًا، وجدت نفسها تمد يدها لتمس مقبضه، قبل أن تنهار على عتبته وقد فقدت كل طاقتها على المواصلة.. هي الآن عاجزة عن الرؤية والتنفس والحركة، فكيف لها أن تواصل طريقها لتبقى حية؟

وعلى باب منزلها أرخت جسدها الهائل، وأغمضت عينيها منتظرة النهاية، وفي جنبات منزلها توقف اللحن عن التصاعد وقد بلغته النيران لتلتهمه كما التهمت عالمها كله.

لا بأس.. على الأقل ستلحق بحبيبها!

كل ما عليها الآن هو أن تملأ صدرها بالأدخنة لتخنقها، وهي ميتة لن تطول كثيرًا وأقل إيلامًا من الموت محترقة.. كل ما عليها الآن هو...

لكن الباب الخشبي لم يحتمل وزنها لينهار مفتوحًا، ولتفاجأ بنفسها تسقط خارج منزلها حيث كان الهواء النقي في انتظارها، فملأت صدرها به بنهم.

لقد فعلتها.. فعلتها!

لقد خرجت من هنا!

نجاتها المباغتة هذه منحتها طاقة إضافية، والهواء النقي أعاد لها قدرتها على التنفس فالرؤية، لتشعر بطاقة عجيبة تكتنفها،

ولتجد نفسها تواصل زحفها تجاه سيارة أبيها التي غطتها الأتربة والذكريات.

لقد نجت.. كل ما عليها الآن هو أن تبلغ السيارة.. تركبها.. تنطلق بها إلى أي اتجاه على أن تواصل القيادة حتى مطلع شمس يوم جديد... إنها تستطيع فعلها.. هواء الليلة البارد أعاد إليها وعيها، وغريزة البقاء في أعماقها حركت ذراعيها لتزحف بسرعة لا بأس بها تجاه سيارة أبيها، حتى بلغتها لتفتح بابها ولتبدأ في التسلق إلى داخلها.

أين أسيرها؟ لا يهم.. المهم أن ينتظر حتى تبتعد عن هنا، ولو حاول زيارتها في الليلة المقبلة ستكون في انتظاره.. وستكون مستعدة.. لكن الآن...

هي وجدت أن التسلق صاعدة إلى السيارة أصعب من الزحف إلى الأمام، لكنها تحاملت على ذراعيها وتوسلت إليهما أن تقويا على حمل نصف طن من اللحوم والشحوم، فلم يخذلاها.. ها هي ترتفع.. ببطء ترتفع.. بمشقة ترتفع.. وها هي تلقي بجسدها على مقعد السيارة الذي تصاعد أنينه مكتومًا من أسفلها فلم تشعر بالشفقة تجاهه.

إن مفاتيح السيارة لا تزال فيها، فهي تذكر أنها تركتها هنا.. ها هي تقبض عليها بأصابع ارتجفت لهفة وإرهاقًا، وها هي تدسها في المحرك لتديره ولتزأر السيارة مستيقظة من سبات طويل، قبل أن يدور محركها معلنًا أنها استعدت لحملها إلى بر الأمان.

وبوزنها الذي بلغ ٥٣٢ كيلوجرامًا ضغطت على دواسة الوقود، فانطلقت السيارة بأقصى سرعة لتبدأ رحلة هربها التي ستدوم طوال ليلتها التي كادت أن تكون الأخيرة.. تُرى، هل تحوي السيارة ما يكفيها من وقود لتدوم طيلة الليل؟ ربما نعم، وربما لا.. لكنها ـ وعلى أية حال ـ ستبتعد عن هنا.

هي ألقت بنظرة وداع على منزلها الذي أخذت النيران في التهامه بثقة، ثم قررت نسيانه وقد أخذ يبتعد من ورائها ويبتعد ويبتعد حتى تحول إلى نقطة مضيئة وسط ظلام أسوأ ليلة مرت عليها في حياتها.

لقد نجت.

وهي وفي هذه اللحظة وجدت نفسها تضحك وتبكي معًا.. الدموع سالت من عينيها بلا توقف، والضحكات اندلعت من فمها وارتج بها جسدها، قبل أن تختنق في حلقها في اللحظة التي تعالى فيها صوت من ورائها مباشرة، يقول:

ـ والآن استعدي.. فهذه هي النهاية!

ـ !!!

هو

هو كان قد نجا من المتاهة الفضية بمعجزة.

حين اخترقت يده الجدار الفضي، وحين صنع لنفسه مخرجًا ـ غير شرعي ـ من المتاهة أدرك أن نجاته هذه كانت بمعجزة، وأنه عليه أن يبتعد عن هذه المرأة وإلى الأبد.. تلك البدينة التي استطاعت خداعه والتي تتصاعد من منزلها رائحة الشبح كادت أن تنهي بقاءه، وأفضل ما عليه فعله هو أن يتركها وأن يبتعد عنها وإلى أقصى حد ممكن.

لكنه لم يستطع.

ليس بعد ما فعلته فيه.. ليس بعد أن تركته يمضي في ممرات متاهتها كجرذ ـ على حد وصفها ـ وليس بعد أن أقسم على أن يجبرها على دفع الثمن.. لهذا ترك لها رسالته بدمائه على جدران المتاهة، ولهذا قضى ليلته مدفونًا في حديقة منزلها، فهي لم تكن أول مرة يقضي فيها ليلته كذلك.

هو كان عليه أن ينتظر حتى تغيب الشمس ليتمكن من الخروج

١٥٥

من مخبئه، وهذا ما فعله، ليخالف بعدها قاعدته الأثيرة بالتخطيط مسبقًا، وليحصل على دماء أول رجل اعترض طريقه.. ثم... ثم وجد أن عليه العودة إلى منزل تلك البدينة.

هو يجب أن يمنحها ميتة بطيئة قاسية.. هذا ما تستحقه، وهذا ما وعدها به، وهو كان قد وجد أفضل طريقة لتنفيذ قسمه.. سيحرقها حية.. وقبل أن يحرقها، سيمنحها ذات الليلة التي حصل هو عليها.

هكذا تسلل إلى منزلها، وهكذا بحث عن مصدر أجمل لحن أصغى إليه في حياته ـ والذي يثق من أنه سمعه سابقًا ـ ليمنحه لها كهدية وداع قبل أن يبدأ في أخذ كل شيء منها واحدًا تلو الآخر.

في البداية أخذ منها قدرتها على الرؤية حين قطع الكهرباء عن منزلها، ثم أخذ قدرتها على الحركة حين أفقدها الوعي ليهشم مقعدها المتحرك ـ وليتخلص من أنينه اللعين وإلى الأبد ـ ثم حاول أخذ الأمل منها حين تركها تزحف محاولة الهرب من منزلها الذي أضرم النيران فيه، ليقضي على كل ما تملكه من طعام.

هو كان يظن أنها لن تتمكن من الخروج.. ليس بوزنها هذا وليس بدون مقعدها المتحرك.

هو كان يعتقد أن الليلة ستنتهي بها وقد هلكت كجرذ ـ تمامًا كما أرادت له ـ لكنها فاجأته بأنها تمكنت من الخروج، وبذات المعجزة التي خرج هو بها من متاهتها.

١٥٦

وهو حينها قرر أن الأمر لن يتوقف عند هذا الحد!

باستمتاع راقبها وهي تواصل زحفها إلى تلك السيارة العتيقة في الخارج، ثم وبسرعته التي لا تصدق سبقها إلى هناك واختبأ فيها، لينتظر اللحظة المناسبة ليعلن عن نفسه قائلًا:

ـ والآن استعدي.. فهذه هي النهاية!

لتصاب البدينة بالهلع، ولتفعل ما ستفعله أي امرأة تجد مصاص دماء في مقعدها الخلفي وهي تقود بأقصى سرعة.. بصوتها الذي لم يعد رقيقًا صرخت، ثم تركت مقود السيارة لتدور بهما بعنف، قبل أن تصطدم بذلك الحاجز لتطير في الهواء للحظات، حاول هو فيها الخروج من السيارة التي هوت بوزنها وبوزن البدينة على الأرض كالقذيفة، قبل أن تأخذ في التدحرج وبلا توقف، ليستحيل العالم من حوله إلى شظايا زجاجية ومعدنية وشرارات وأنين معدني تخالطه صرخات مكتومة.

ثم وفي النهاية توقفت السيارة لتتصاعد منها رائحة وقودها منذرة بالانفجار القادم.

هو وجد في هذه اللحظة أن عليه الخروج من هنا وفورًا.. السيارة تحولت إلى كتلة معدنية لا معالم لها، تحوي جسدًا هائلًا لامرأة كان وزنها يتجاوز نصف الطن، وهو الآن عليه أن يزيحها ليخرج.. صحيح أن الانفجار لن يقتله، لكن من الذي قال إنه لن يؤلمه؟

من الذي قال إنه يريد قضاء ليلته مع جثة بدينة تحترق، سجينًا معها، وحتى تشرق الشمس؟

الحادث لم يهشم عظامه، لكن يده التي هشمها على الجدار الفضي لم تكن قد التأمت بعد، وهذا كان يعني أن عليه إزاحة المرأة بيد واحدة، فهل سيتمكن من فعلها؟ لن يعرف حتى يحاول.

هنا غرس يده السليمة في جبل الشحوم المتكوم أمامه، ليبدأ في دفعها وبكل قوته دون أن يتمكن من زحزحتها.

تحركي أيتها اللعينة.. تحركي!

لكنها أبت أن تتحرك، ومن جسدها العملاق سالت الدماء، فلم تثر فيه أي شهية.. مجرد فكرة الحصول على دماء من جبل الشحوم هذا لم يمنحه إلا شعورًا لا يطاق بالغثيان.. لكنه قاوم غثيانه هذا وواصل دفعها وبأقصى قوته.

ومن السيارة تصاعد الأنين المعدني وتضاعفت رائحة الوقود، فأدرك أن الوقت المتاح أمامه يتضاءل وبسرعة.

يجب أن يخرج من هنا وبسرعة.. يجب.

لذا واصل الدفع حتى كادت يده تخترق جسدها، بدلًا من أن تزيحه و.... و...

وشهقت هي مستيقظة لتعلن له أنها لا تزال على قيد الحياة!

هي

هي استيقظت لتفاجأ بأنها لا تزال حية.

حين حلقت بها السيارة في الهواء، تذكرت اللحظة التي حلقت فيها روحها في سماء الأوبرا، وشعرت أنها النهاية حقًّا وأنها ستلحق بحبيبها أخيرًا، لكنها استردت وعيها فجأة لتفاجأ بأنها لا تزال حية وبأنها عاجزة عن الحركة.

جسدها الضخم امتص أغلب الصدمة ولكنه تحول إلى كتلة ملتهبة من الألم، وعلى وجهها سالت الدماء ساخنة غزيرة، فحاولت تحريك يدها لتمنعها من بلوغ فمها فالتهامها، لكنها لم تستطع.

جسدها كله رقد أسفل الحطام المعدني عاجزًا عن الحركة، ومن حولها تصاعدت رائحة الوقود لتعيد لها ذاكرتها فقدرتها على التفكير فالهلع.

السيارة.. إنها ستنفجر خلال لحظات.. يجب أن تخرج من هنا!

هي انتفضت محاولة تحريك جسدها، ثم انتفضت مرة أخرى حين شعرت بتلك اليد القاسية المنغرسة فيها تحاول دفعها دون أن تنجح في هذا، لتتعرف على الفور على صاحب هذه اليد.. إنه أسيرها.. إنه لا يزال معها.

هي يجب أن تخرج من هنا!

إن ليلتها لم تنتهِ بعد، فقاتلها الآن معها، وها هو يحاول مواصلة قتلها، أو إزاحتها عن طريقه ليخرج وليقتلها، وفي الحالتين هي هالكة لا محالة.

هي يجب أن تخرج من هنا!

لذا قررت تمالك نفسها والانتفاض إراديًّا هذه المرة لتحاول تحرير يدها فجسدها الذي امتزج بالحطام من حولها، ليتصاعد الألم من كل عظمة من عظامها التي لم تعد تقوى على حملها.. بعض هذه العظام تهشمت وهي لا تملك شكًّا في هذا، لكنه ليس وقت الشعور بالألم أو الهلع.

هي يجب أن تخرج من هنا!

لذا استغلت سلاحها الوحيد ـ وزنها ـ لتضغط به على الباب الذي تلوى جوارها مستغلة دفع قاتلها لها، ليتصاعد الأنين المعدني ولتبدأ السيارة كلها في الارتجاج، وقد تعاظمت رائحة الوقود من حولها أكثر فأكثر.

لو خرجت من هنا فسيلحق بها قاتلها ليقتلها، لكنها لو بقيت فستهلك هي، وسينجو هو، فهذه واحدة من قدراته التي قرأت

عنها: مصاصو الدماء لا يهلكون إلا بضوء الشمس أو الأوتاد الخشبية، لكن انفجار سيارتها لن يقضي إلا عليها.

هي يجب أن تخرج من هنا!

وفي ذات اللحظة التي انتبهت هي فيها إلى هذه الحقيقة، أدركها من كان أسيرها، ليتوقف عن دفعها، وليقبض على عنقها ليبدأ في جذبها إلى الداخل!

إنه يحاول منعها من الخروج.. إنه يحاول إبقاءها إلى أن تنفجر السيارة بها.. إنه يحاول إنهاء ما بدأه.

وهي شعرت بأنها ستختنق، لكنها لم تتوقف عن دفع الباب بجسدها.. الألم تصاعد من عنقها لتردده عظامها، لكنها تحاملت على نفسها وكتمت أنفاسها، ثم وبدفعة أخيرة ألقت بجسدها على الباب لينهار أخيرًا، ولينفصل عن جسد السيارة سامحًا لجسدها بالخروج.

هي يجب أن تخرج من هنا!

وما كان يمنعها الآن من الزحف مبتعدة كانت يد قاتلها، إذ قبضت على عنقها بقسوة كادت تهشمها، لكنها فعلت ما ستفعله أي امرأة تجد مصاص دماء يقبض على عنقها بيده.. غرست أسنانها في لحم يده، وضغطت بفم لم يتوقف عن التهام الطعام لسنوات طويلة!

من ورائها تصاعدت الصرخة هائلة مدوية، لكن الأصابع التي قبضت على عنقها ارتخت، فاستغلت هي الفرصة ودفعت

جسدها كله خارج السيارة، لتبدأ زحفها خارجة منها، ليحاول قاتلها اللحاق بها، وليكتشف معها أن وضعه أسوأ.

هو لا يملك وزنها ليستغله في تحرير نفسه، ولو أراد الخروج من الحطام الذي احتوى جسده فسيحتاج إلى وقت لا يملكه، بينما هي أخذت تزحف مبتعدة مخلفة وراءها خيطًا سميكًا من الدماء التي لم تتوقف عن الانهمار من جروحها.. هذه الدماء ستقوده إليها وستصيبه بالجنون، لكن عليه أن يخرج من الحطام أولًا.

وهي زحفت.. بجسدها الذي فقد الكثير من وزنه ودمائه، زحفت حتى بلغت جانب الطريق لتتوقف هناك لاهثة، ولتعتدل على ظهرها مواجهة سيارتها التي أخذت تتلوى مع محاولات أسيرها للخروج منها.

الانفجار قد لا يقتله، لكنه قد يعجزه عن الحركة.. المهم أن يحدث وقبل أن ينجح أسيرها في الهرب.

المهم أن تبلغ إحدى الشرارات المتصاعدة من سيارتها بركة الوقود التي واصلت امتدادها من أسفلها.. المهم أن تكون هي قد ابتعدت وإلى الحد الكافي ليقيها من الانفجار و... و...

وحين انفجرت السيارة أخيرًا، وجدت نفسها تطير بوزنها الذي لم تظن قطُّ أنه سيسمح لها بالطيران!

هو

هو لم يشعر بالألم حين احترق، بل بالغضب.

اللهيب الذي أخذ في التهام جسده تصاعد من داخله، لا من الانفجار الذي أفقده الرؤية للحظات لم تطل، قبل أن يجد أنه لا يزال حيًّا، وأنه قد تحرر، وأنها كانت لا تزال هناك.

الانفجار أطاح بها حقًّا، وألقى بها إلى إحدى الأشجار على جانب الطريق لتطيح بها، قبل أن تهوي أرضًا كثومة غير آدمية، لكنها توقفت عن الحركة أخيرًا لتظل هناك في انتظاره، فحرر جسده المشتعل مما أحاط به، وبخطوات بطيئة أخذ يتجه إليها.

هو كان يعرف أنه سينجو، فالنيران لا تكفي للقضاء عليه، تمامًا كما لم تكفِ للقضاء على الشبح.. لكن ها هو الآن يشعر بذات ما شعر به الشبح في ذلك اليوم الذي جمعهما داخل البئر في معسكر الأعداء...

الغضب.

هو أدرك أنها لا تزال حية، فهو كان قادرًا على سماع ضربات قلبها في صدرها ومن مكانه.. تلك اللعينة البدينة التي كادت أن تنتصر عليه مرتين لا مرة واحدة، لا تزال حية، وهو يجب أن يخلص العالم كله من وجودها، فامرأة بهذه البدانة لا تستحق أن تبقى أكثر من هذا.

وكمارد تتصاعد من جسده النيران وبخطوات بطيئة قاسية، أخذ يقترب منها...

ويقترب...

ويقترب...

وأمامها مباشرة توقف وفغر فاه ليكشف عن أنياب انعكس ضوء النيران عليها.. إنها النهاية إذن.. سيغرس الآن أنيابه في تلك الكتلة البائسة، وسيمتص كل ما تبقى في جسدها من دماء و... وفي هذه اللحظة رأى رسالة الشبح قربها وقد سقطت منها...

«أنت الآن مثلي !».

ليفاجأ بنفسه يتوقف وقد تذكر أخيرًا من هي هذه المرأة...

«أنت الآن مثلي !».

تذكر تلك الليلة منذ زمن طويل في الأوبرا.. تذكر ذلك العازف الأنيق ولحنه الذي غمره بالحنين.. لكنه كان جائعًا!

«أنت الآن مثلي !».

وتذكرها.. يا إلهي ! لقد كانت هذه البدينة جميلة حقًّا!

ها هو الآن يراها بفستانها الأنيق وبتلك السعادة التي كانت تشع من عينيها ليلتها.. لكنه كان جائعًا!

هي حاولت أن تذكره، وهي أخبرته أنها كانت جميلة حقًّا، لكنه لم يصدقها.. لكنها كانت جميلة حقًّا!

هو الآن يتذكرها، وهو الآن يستطيع رؤية ملامحها الأصلية من أسفل كل الشحوم التي غطتها!

هو قتل حبيبها، وسقطت منه رسالة الشبح ليلتها، فبحث عنها طويلًا دون أن يعثر عليها! وها هو الآن وقد عثر عليها ليفهم أخيرًا: لماذا كانت رائحة الشبح تتصاعد من منزلها.

هو قتل حبيبها!

هو دمر حياتها!

هو من صنع منها تلك البدينة التي لا تستحق الموت حتى!

هو ـ وكما أخبره الشبح تمامًا ـ أصبح مثله!

كما قضى هو حياته يبحث عن الشبح لينتقم منه، قضت تلك المسكينة حياتها في انتظاره لتحصل على انتقامها!

وهو لم يعثر على الشبح أبدًا.. لكن هي عثرت على شبحها ودفعت الثمن!

«أنت الآن مثلي!».

لكن لا.. هذه الدائرة يجب أن تتوقف وعند هذا الحد.

ما بدأ في تلك الليلة في البئر يجب أن ينتهي.

هو الآن يعرف هذه الحقيقة ولو متأخرًا.

هو الآن لن يقتل تلك البائسة، فهي لا تستحق الموت وبعد كل ما عانته بسببه.

وهو الآن يعرف ما عليه فعله.

هي

هي وجدت أنها لا تزال حية، فلم تجد في هذا إلا قسوة لا تحتمل!

لو كانت هذه هي النهاية حقًّا، فلماذا لم يقتلها الانفجار بدلًا من أن يتركها له؟ لقد كان ينبغي عليها.. أن تموت، بعد كل الدماء التي فقدتها، وبعد كل العظام التي تهشمت في جسدها، وبعد كل المعاناة التي خاضتها، كان ينبغي لها أن تموت أخيرًا، بدلًا من أن تتحول إلى مجرد وجبة لمن قتل حبيبها!

وهي كانت تشعر بالغضب!

هذا ليس عدلًا! ليس بعد كل ما مرت به، وليس بعد كل ما احتملته لتعثر على قاتل حبيبها، وليس بعد أن كانت لديها خطة!

لكنها وجدت نفسها ترقد هناك على جانب الطريق، وجوار تلك الشجرة التي أطاحت بها حين ألقى بها الانفجار، تحدق عاجزة فيمن كان أسيرها، وقد أخذ يقترب منها ببطء قاسٍ كملاك الموت، وقد أتى ليحصد ما هو حقه!

هذه هي النهاية إذن!

هي أغمضت عينين باكيتين، واستسلمت لمصيرها، لكنها شعرت بمن دمر حياتها يقف أمامها دون أن يهجم عليها ودون أن يخلصها من عبء الحياة، ففتحت عينيها بحذر لتجده يقف ذاهلًا يحدق هو الآخر في الرسالة التي تركها معها في تلك الليلة في الأوبرا.

إنه يتذكر...

هي شعرت بهذا، فشعرت بالأمل.

هي رأت الحزن في ملامحه المشتعلة فوجدت فيه فرصتها.

وهي وعلى الرغم من كل إصابتها قررت اغتنام هذه الفرصة، لتنتزع غصن الشجرة من جوارها ولتهجم به، وقبل أن يجد من كان أسيرها فرصة للحركة أو الفهم.. وبكل ما تبقى من وزنها وقوتها غرست الغصن الخشبي في صدره، صارخة:

ـ عد إلى الجحيم!

فلم يقاومها من قتل حبيبها، بل تلقى ضربتها في صدره راضيًا، وفي السماء زأر رعد ضلَّ طريقه عن الشتاء لتلحق به أمطار هوت عليهما تدريجيًا لتغسل دماءها ولتطفئ النيران التي اشتعل بها جسده.

إنها النهاية حقًا!

وفي اللحظة التي سقط هو فيها على الأرض، سقطت هي جواره لاهثة منتفضة، عاجزة عن تصديق أنها فعلتها أخيرًا!

لقد قتلته!

قتلته!

قتلته!

هي حصلت على انتقامها أخيرًا، وهي نجت، رغم كل ما مرت به في هذه الليلة التي قاربت على الانتهاء أخيرًا!

فقط كان آخر ما همس به من أصبح شبحها، هو:

ـ سامحيني!

لتجد نفسها تحدق ذاهلة في وجه خلا من الحياة وإن لم يخلُ من الحزن.. ثم وببطء ولدت الحقيقة في رأسها لتبقى...

هو تركها تقتله!

وهي حصلت على ما حلمت به طويلًا!

هذه هي النهاية إذن!

هي لم تعد تشعر بالجوع بعدها، ولم تشعر حتى بالحزن أو الأسف.

هي وجدت أنها ورغم كل ما فقدته من دماء وعظام ستبقى حية.. وهي عرفت ما عليها فعله الآن.

ولأول مرة منذ سنوات طويلة طويلة، تحاملت من كانت جميلة حقًّا على نفسها، لتبدأ في الوقوف على عظام أصبح عليها أن تحتملها مرة أخرى، لتترنح لحظة قبل أن تسترد توازنها الذي افتقدته طويلًا.

في السماء كان فجر يوم يولد تصاحبه أمطار سقطت خصيصًا

لتغسل خطايا هذه الليلة التي كادت أن تكون ليلتها الأخيرة، فألقت بنظرة لوم إلى الشمس التي تخلت عنها سابقًا، ثم بنظرة وداع إلى من لم يمنحها فرصة لتودع حبيبها.

لكن كل شيء انتهى!

هي الآن عليها أن تعود إلى منزلها أو ما تبقى منه!

هي الآن عليها أن تتعلم النسيان!

هي الآن يجب عليها أن تفقد وزنها، فهي لم تعد تشعر بالجوع!

هي الآن عليها أن تخطو أول خطوة لها بدون مقعدها المتحرك.. ها هي تجاهد لتحريك قدميها.. ها هي تستجيب ببطء من يتعلم المشي لأول مرة.. وها هي تخطوها لتبدأ في الابتعاد عن ليلة بدأت في نسيانها بالفعل!

إن ما تبقى من حياتها في انتظارها، وهي ستستعيد نفسها تدريجيًّا.. أقل القليل في كل مرة.

أقل القليل...

عن المؤلف

تامر إبراهيم واحد من أهم كتاب التشويق والرعب في العالم العربي. ولد في الكويت عام ١٩٨٠، وتخرج في كلية الطب بجامعة عين شمس عام ٢٠٠٣. صدرت له عدة سلاسل روائية ناجحة ومجموعات قصص قصيرة، إحداها مع د. أحمد خالد توفيق.

كتب تامر أيضًا للتلفزيون والإذاعة والسينما عددًا من الأعمال الناجحة.

ثبتت «حكايات القبو» و«حكايات الموتى» اسمه كعلامة جودة مسجلة في أدب الرعب، ثم صدرت له «ثنائية صانع الظلام» عام ٢٠١٢، فأصبحت بسرعة واحدة من أكثر الكتب مبيعًا في هذا النوع من الأدب التشويقي خلال السنوات الأخيرة.